Gerald Straßer

Der Frauenplanet

novum pro

Dieses Buch ist auch als
e-book
erhältlich.

w w w . n o v u m v e r l a g . c o m

Bibliografische Information
der Deutschen Nationalbibliothek:

Die Deutsche Nationalbibliothek
verzeichnet diese Publikation in
der Deutschen Nationalbibliografie.
Detaillierte bibliografische Daten
sind im Internet über
http://www.d-nb.de abrufbar.

Gedruckt in der Europäischen Union
auf umweltfreundlichem, chlor- und
säurefrei gebleichtem Papier.

© 2024 novum Verlag

ISBN 978-3-99146-693-2
Lektorat: Andrea Sprenger
Umschlagfotos: Nexusplexus,
Yuri Arcurs, Titoonz I Dreamstime.com
Umschlaggestaltung, Layout & Satz:
novum Verlag
Innenabbildungen: Gerald Straßer

Die vom Autor zur Verfügung ge-
stellten Abbildungen wurden in der
bestmöglichen Qualität gedruckt.

www.novumverlag.com

Druckprodukt mit finanziellem
Klimabeitrag
ClimatePartner.com/16547-2311-1001

Inhaltsverzeichnis

Der Frauenplanet

Wir schreiben das Jahr 2075. Die Pandemie des Virus Humanus hat sich derart über die Erde ausgebreitet, dass das Ende der Menschheit vorprogrammiert ist. Es vegetieren mehr als 15 Milliarden der Spezies auf dem Planeten. Alle anderen Lebewesen sind fast ausgerottet.

Meine Eltern sind vor 25 Jahren mit mir an den Baikalsee gezogen. Hier haben wir wenigstens genügend Trinkwasser. Auch Ackerbau und ein wenig Tierhaltung sind dadurch möglich. Wir haben gegenüber den meisten Menschen noch ein erträgliches Leben.

Meine Eltern nennen mich Georg. Alle anderen rufen mich Gregor. Das klingt russischer.

Meine Mutter, meine Mutsch, liebe ich über alles. Sie hat immer Verständnis für mich.

Sie ist eine sehr patente und fleißige Frau. Aus der Stadt kommend, begibt sie sich an alle Arbeiten. Stricken und Nähen konnte sie schon, bevor sie hierher kam. Das Spinnen von Wolle hat sie sich selbst beigebracht. Sogar Angorawolle kann sie spinnen, und das ist gar nicht so einfach. Mit warmer Kleidung sind wir gut ausgerüstet.

Brotbacken hat sie von den russischen Frauen gelernt.

Es gibt zwar nicht mehr viele Fische im See, doch wir fahren immer noch raus. Hin und wieder gehen noch ein paar ins Netz.

Für uns Kinder ist hier das Paradies. Unbegrenzte Freiheit in der Natur. Wir können Fußball spielen. Im See haben wir schwimmen gelernt. Mein Vater hat uns die Angst vor dem Untergehen genommen. Er hat eine Stelle gesucht, wo wir uns am Ufer festhalten konnten. Dann hat er gesagt: „So, nun holt mal ganz tief Luft, und jetzt versucht mal unterzugehen." Die volle Lunge hat verhindert, dass wir untergingen. Die Schwimmbewegungen haben wir erst danach gelernt. Wichtiger war es, keine Angst mehr zu haben, dass man ertrinkt. „So, und jetzt atmet mal nur ganz oberflächlich mit voller Lunge und schwimmt los. Wenn ihr keine Angst mehr habt, könnt ihr schwimmen wie die Profis."

Mein Vater hat sich mit der Landwirtschaft angefreundet, sodass wir immer genug zu essen haben. Es reicht gerade, dass alle satt werden. Er hat eine kräftige Statur. Ich bewundere immer seine starken Muskeln. Dagegen bin ich recht schmächtig. Ich komme wohl mehr in die Familie meiner Mutter.

Das Haus ist immer picobello sauber und aufgeräumt. Als Kind hat es mir an nichts gemangelt. Na ja, wenn man nur spielen und toben kann. Die Sorgen haben halt die Eltern.

Russland hat nach Putin (Adolf Blutin) die früheren Gas- und Ölpipelines zum Transport des Baikalwassers nach Europa umfunktioniert. Jetzt ist das Ufer des Sees schon 150 m tiefer. Unser Lebensraum liegt am Ostufer, umschlossen von hohen Bergen.

Bis jetzt können wir Eindringlinge noch fernhalten, aber es wird immer schwieriger. Die Menschenmassen auf dem Weg nach Sibirien, das durch die Erderwärmung bewohnbar geworden ist, brauchen etwas zu essen und vor allem Wasser. Doch auch im Norden wird es immer enger.

Li erscheint

Vor 7 Wochen haben Herr Shi und seine Tochter Li, aus China kommend, unsere eigentlich gut gesicherte Eingrenzung überwunden. Herr Shi hat Doppeldecker-Flugdrachen gebaut. Statt Alu-Rohren hat er Bambusstäbe verwandt, die unser Radar nicht erfassen konnte. Sie treiben die Flugdrachen mit Körperkraft über einen Propeller an.

Die beiden wollen eigentlich nur Zwischenstation auf dem Weg nach Baikonur machen. Herr Shi hat gehört, dass dort noch eine ungenutzte Weltraumrakete vorhanden sein soll.

Er will seine Tochter und einen jungen Mann ihrer Wahl zur Chinesischen Raumstation schicken, die dann in den Weltraum geschossen werden soll, um nach einem erdähnlichen Planeten zu suchen, auf dem ein Neuanfang für die Menschheit möglich wäre. Herr Shi hat viele Jahre bei der Chinesischen Raumfahrtorganisation gearbeitet.

Mein Vater stellt mich vor: „Das ist mein Sohn Georg. Er ist mein Fleisch und Blut." Herr Shi meint: „Ist das nicht ein bisschen anmaßend? Was wir Männer zur Zeugung der Kinder beitragen, muss man unter dem Mikroskop suchen. Fleisch und Blut erhalten sie in neun Monaten von ihren Müttern."

Bei dem männlichen Partner für Li fällt sehr schnell die Wahl auf mich. Wir beide haben schon vom ersten Augenblick an Sympathien füreinander. Dem gemeinsamen Abenteuer sollte also nichts im Wege stehen. Wir sollen für einen Neustart quasi noch einmal Adam und Eva sein. Aber meine Eltern meinen, wir sollten bessere Söhne zeugen als Kain und Abel. Am besten erst einmal Töchter.

Meine Mutter sagt zu mir: „Du weißt, Kain erschlug seinen Bruder Abel. Der große Richter hat den Mörder sich ungehindert vermehren lassen, also wurde das Böse viel stärker als das Gute. Darum haben wir jetzt das Unheil auf der Welt."

Ich weiß nicht, ob Li so gut mit der Bibel vertraut ist. Aber sie sagt, dass sie diese Metapher auch kennt.

Li ist eine wunderschöne Asiatin. Mit ihren schönen Augen hat sie mich sofort in ihren Bann gezogen. Die schwarzen Haare fallen ihr locker auf die Schultern. Ihre mädchenhafte Figur ist trotzdem sehr sportlich.

Vater fragt Herrn Shi: „Sehen Sie die Entwicklung der Menschheit nicht ein bisschen zu pessimistisch?" „Nein, ich sehe alles nur realistisch."

Mein Vater und Herr Shi treten gleich in die Planung unseres Vorhabens ein.

Ich zeige Li währenddessen meine Heimat, die ich nun bald verlassen soll. Wir gehen an das Ufer des Sees, das jetzt ein Steilufer geworden ist. Es sind Höhlen zu sehen, die früher unter Wasser waren.

Auf einmal sagt Li: „Willst du nicht mal das Fliegen lernen?" Ich bin natürlich ganz scharf darauf, habe aber noch nicht gewagt, sie darauf anzusprechen. Ich laufe schon voller Ungeduld voraus. Li setzt mich in ihren Gleiter und erklärt mir die Handgriffe. Sie nimmt den Gleiter ihres Vaters. Wir schieben die Maschinen an einen Hang, um besser starten zu können. Zwei Funksprechgeräte, mit denen wir uns in der Luft verständigen können, nehmen wir uns mit.

Meine ersten Versuche sind noch ein bisschen kläglich, aber mit jedem wird es besser. Nach ein paar weiteren Starts sagt Li: „Jetzt wollen wir mal gemeinsam in die Luft gehen."

Es ist ein herrlicher Tag. Die Sonne scheint von einem klarblauen Himmel. Ich wage mich sogar schon über den See. Li sagt: „Sei nicht so übermütig!" Aber mich hat das Flugfieber gepackt. Wir kurven den ganzen Nachmittag herum. Am liebsten wäre ich gar nicht mehr gelandet. Alles von oben zu sehen, was man nur aus Augenhöhe kennt, ist schon beeindruckend.

Ich spreche in mein Funkgerät: „Schau mal, Li, dort drüben am Fluss. Weil das Wasser so gesunken ist, ist ein Wasserfall entstanden. Den hat es früher gar nicht gegeben." Li fragt: „Können wir dort auf der Wiese am Hang nicht mal landen? Ich möchte mit dir ein paar Stunden alleine sein." „Ja, warum eigentlich nicht? Ich habe auch Sehnsucht, Dich in die Arme zu nehmen. Wir hatten bis jetzt noch keine Gelegenheit dazu."

Wir setzen zur Landung an. Ich schieße ein wenig weit hinaus. Li lacht übermütig. „Das lernst du auch noch besser zu machen." Dann lachen wir beide. Am Ende der Wiese steht ein Heuschober. Wir gehen zielstrebig zu ihm hinüber. Es ist noch Heu vom vorigen Jahr da. Etwas scheu nehme ich Li in die Arme. Sie lässt es gerne zu. Zum ersten Mal küssen wir uns. Ich frage sie: „War das auch dein erster Kuss?" Sie nickt stumm. Selig lassen wir uns ins Heu fallen. Zu mehr als Schmusen und Küssen sind wir beide noch nicht bereit. Das müssen wir uns noch für einen neuen Planeten aufsparen. Ich ziehe sie ganz dicht an mich. „Li ist für mich die Abkürzung von Liebling", flüstere ich ihr ins Ohr.

„Ich will nicht zu neugierig sein, aber ich weiß so gut wie nichts über dich. Wo du geboren und wo du zur Schule gegangen bist. Was mit deiner Mutter ist", möchte ich gerne wissen. „Das sind gleich ein paar Fragen auf einmal.", sagte Li. „Geboren bin ich in Peking. Dort bin ich auch zur Schule gegangen. Es ist eine fürchterlich große Stadt. Das kannst du dir gar nicht vorstellen, weil du hier auf dem Land aufgewachsen bist." Sie stockt einen Moment. Dann erzählt sie mir von ihrer Mutter: „Sie ist gestorben, als ich fünf war. Darum habe ich keine rechte Erinnerung mehr an sie. Mein Vater hat mir immer nur Gutes von ihr erzählt, wie glücklich sie miteinander und mit mir waren." Ich nehme sie in die Arme und küsse sie ganz zärtlich. „Du hast also auch keine Geschwister?"

Am anderen Ende der Wiese laufen wir zu dem See, den wir von oben gesehen haben. Schnell sind wir dort. Wir ziehen unsere Kleider aus und springen von einem Steg ins Wasser. Es ist nicht sehr tief. Li beginnt mich nass zu spritzen. Nun geht es hin und her. Schließlich fallen wir uns in die Arme. Ich trage Li ans Ufer, lege sie behutsam ins Gras und lege mich glücklich neben sie. Wir halten uns zärtlich an den Händen. Li beugt sich über mich und küsst mich innig. Nun können wir doch nicht mehr keusch sein. Ich hatte vorsichtshalber ein paar Kondome mitgenommen und hole sie aus meiner Jackentasche. Eine Schwangerschaft vor unserer Mission wäre doch nicht empfehlenswert. Wer weiß, wann wir einen Planeten für unseren Neuanfang erreichen.

Wir begeben uns zurück zu unseren Drachen. Auf dem Heimflug sind wir noch ganz von dem Erlebten benommen. Daheim bemerken sie, dass mit uns eine Veränderung stattgefunden hat, aber alle schweigen und gehen zur Tagesordnung über. Beim Abendessen werden wieder die Probleme der Zukunft besprochen.

Meine Mutter und ein paar andere Frauen nähen an den Ballons, mit denen Vater und Herr Shi die schwerere Ausrüstung transportieren wollen. Wir müssen ja genug Nahrung und Wasser mitnehmen.

Unser Start ist für den 25. Juli geplant. Wir wissen noch nicht, wie lange wir bis Baikonur unterwegs sein werden.

Abreise

Zuerst soll es mit dem Boot über den See nach Südosten bis Kultuk gehen. Mal sehen, wie es dort aussieht, ob wir dort überhaupt noch anlanden können. Unser Boot wird von einem Windrad, das eine Schraube antreibt, vorangetrieben. Da spielt es keine Rolle, aus welcher Richtung der Wind weht. Wir können auch gegen den Wind fahren.

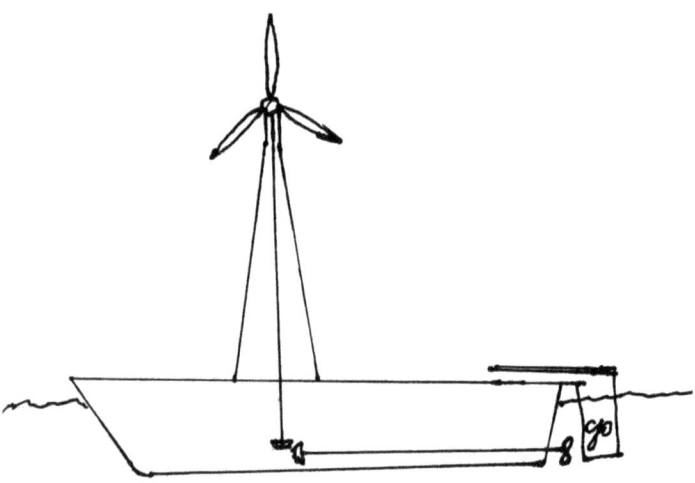

Der Tag der Abreise rückt immer näher. Es ist schon ein komisches Gefühl, die Heimat zu verlassen. Li hat es bereits mitgemacht. Sie tröstet mich. Das tut so richtig gut. Ich habe mich schon fest in sie verliebt. Ich hoffe sehr, sie sich auch in mich. Aber mein Gefühl sagt mir, dass sie mich auch sehr mag.

Am Morgen des 25. Juli sind wir schon früh wach. Ich glaube, wir haben alle wenig geschlafen. Am schwersten fällt mir der

Abschied von Mutter. Es ist ein Abschied für immer. Vater und Herr Shi sind ja noch einige Zeit bei uns.

Alles ist im Boot verstaut. Es weht ein laues Lüftchen. Die Sonne bringt uns gute Laune. Am Himmel sind nur ein paar Schäfchenwolken zu sehen. Ich mache die Leinen los. Mutter steht mit Tränen in den Augen am Ufer. Mir ist ganz jammervoll zumute. Es nützt aber alles nichts. Das Boot entfernt sich immer weiter. Am Ufer werden alle immer kleiner, bis keiner mehr zu sehen ist.

Unser Boot macht gute Fahrt. Wir kommen an der Insel O.Olchon vorbei, die heute wie ein Felsen aus dem Wasser ragt. Der Ort Taskaj thront wie eine verlassene Festung darauf. Anlanden kann man nicht mehr. Aber wir müssen in der Nacht irgendwo einen Ankerplatz finden. Es zieht auch ein Gewitter herauf. Der See hat schon ganz kräftige Wellen. Aber dann finden wir eine ruhige Bucht. Von den Felswänden müssen wir uns fernhalten, um nicht daran zu zerschellen.

Nach einer unruhigen Nacht, jeder musste zwei Stunden Wache schieben, ist es am Morgen, als wäre nichts gewesen. Li und ich stürzen uns erst einmal ins Wasser. Es ist so herrlich frisch. Wir schwimmen ein Stück in den See hinaus. Ich frage Li: „Glaubst du, dass wir das Abenteuer meistern werden?" Sie fragt zurück: „Glaubst du nicht daran?" „Doch, mit dir an meiner Seite schaffe ich alles." Wir schwimmen zurück zu denVätern, lichten den Anker und setzen die Fahrt fort.

Der Wind ist immer noch recht kräftig und wir machen gute Fahrt. Am späten Nachmittag erreichen wir den südlichsten Zipfel des Sees. Auch Kultuk liegt jetzt 150 m über dem Wasserspiegel. Hier gibt es noch ein reges Treiben. Wo Wasser ist, ist auch Leben. Doch wir mit unserem voll beladenen Boot landen lieber etwas abseits an. So ein Boot weckt Begehrlichkeiten. Hier gibt es einen etwas breiteren Strand. Ideal, um unsere Ausrüstung zu entladen und startklar zu machen.

Vater und Herr Shi klettern hinauf nach Kultuk. Sie wollen ein wenig die Lage erkunden. Bei so vielen Menschen besteht immer die Gefahr, dass auch unangenehme Zeitgenossen darunter sind, die schnell zu anderer Leute Hab und Gut kommen wollen.

Am Eingang der Stadt begegnen sie einem Mann, der auf einem größeren Skateboard sitzt. Seine Beine sind gelähmt. Sie kommen mit ihm ins Gespräch. Erst geht es darum, wie die Lage in der Stadt und im Allgemeinen ist. Dann nimmt er sie mit in sein Haus und zu seiner Frau Olga. Ihr Mann heißt Iwan. Sie bewohnen ein kleines Haus am Anfang der Straße. Hier werden sie herzlich bewirtet mit Tee und Gebäck. Im weiteren Gespräch stellt sich heraus, dass Iwan vor etlichen Jahren in Baikonur in der Raumfahrtstation gearbeitet hat. Er war Ingenieur bei den Raketen.

Als die beiden ihm von unserem Vorhaben erzählen, ist er gleich Feuer und Flamme. Er bietet sich an, mit uns zu kommen und uns zu unterstützen. Seine Frau ist ganz und gar nicht damit einverstanden. Wie Frauen halt so sind. Sie haben Angst, dass etwas passiert und sie alleine bleiben. Am Abend kommen die beiden zu uns zurück und berichten von ihrer Begegnung.

Der nächste Tag verspricht wieder herrlich zu werden. Die Sonne lacht von einem wolkenlosen Himmel. So ein Wetter brauchen wir aber auch, denn unsere Ballons sollen von der Sonne aufgeheizt werden. Ihre untere Hälfte ist aus Spiegelfolie. Die obere Hälfte ist aus Klarsichtfolie, durch die die Sonnenstrahlen ungehindert scheinen können. In der unteren Spiegelhälfte werden sie gebündelt. In ihrem Brennpunkt treffen sie auf eine schwarze Kugel, die an einer Stange von Vater oder Herr Shi in den Brennpunkt dirigiert wird. Dort wird es so heiß, dass auch die Luft im Ballon stark erhitzt wird und dem Ballon Auftrieb gibt. Wir haben zwar Gasflaschen dabei, aber für die ganze Strecke würden sie nicht reichen, nur zum Starten und Landen und für eventuelle Zwischenfälle.

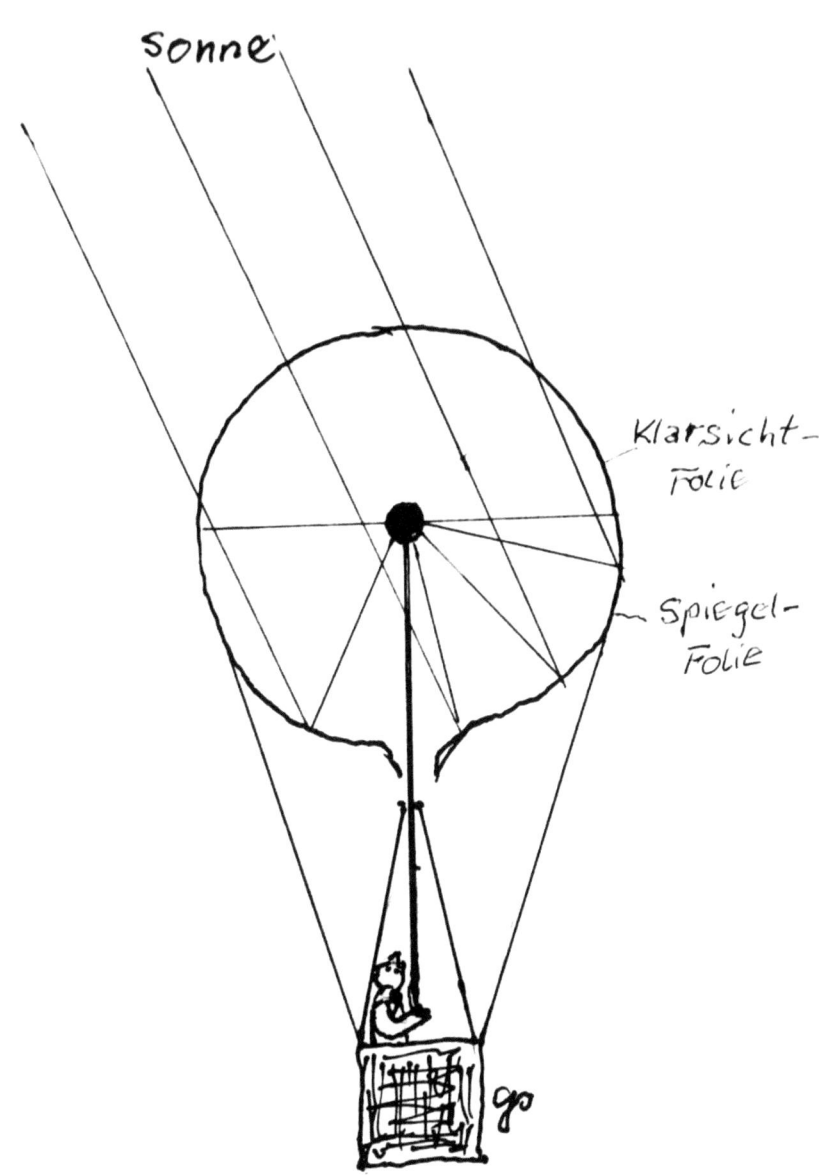

Sonne

Klarsicht-
Folie

Spiegel-
Folie

Auch die Drachen müssen aufgebaut und startklar gemacht werden. Es dauert fast doppelt so lange, da es ja zwei übereinander sind. Doch die doppelte Tragkraft erlaubt auch eine geringere Geschwindigkeit, sodass man den Drachen mit Körperkraft in der Luft halten und antreiben kann. Wenn wir uns hoch genug schrauben, geht es im Gleitflug ziemlich schnell voran. Die Ballons sind auf die Windgeschwindigkeit angewiesen. Sie tragen aber die Hauptlasten.

Es ist alles vorbereitet. Vater und Herr Shi machen sich auf den Weg, um Iwan abzuholen. Li und ich nutzen die Zeit, um noch ein wenig zu kuscheln. Die Zeit dazu wird ab jetzt weniger werden.
Die drei treffen gerade ein. Iwan wird von uns Männern in Vaters Ballon gehoben. Es ist schon gegen Mittag. Olga hat den Männern noch eine kräftige Mahlzeit Borschtsch mitgegeben. Wie das schmeckt – so kann nur eine Russin sie kochen. Allerdings gibt es danach heftige Blähungen. Li entflieht ein Pups. Sie schaut ganz verschämt. Ich sage zu ihr: „Das ist doch nicht schlimm. Meine Oma hatte dazu folgenden Spruch:

Eine Kugel von Wind
Aus 'ner ledernen Flint
In die Hacken gezielt
In die Nase getroffen."

Die Sonne steht gut. Vater und Herr Shi wollen versuchen, nur mit Sonnenenergie zu starten. Li und ich begeben uns zu unseren Drachen. Der Start der Ballons hat wunderbar geklappt. Nun muss auch noch unser Start so gut gelingen. Einmal in der Luft, kann nicht mehr viel passieren. Hurra, jetzt hinter den Ballons her. Wir haben sie bald eingeholt und umkreisen sie. Immer schön zusammenbleiben, haben Vater und Herr Shi gesagt.

Der Wind ist nicht zu stark, aber kräftig. So machen wir ganz schön Strecke. Na ja, wir haben auch noch ca. 2500 km vor uns. Heute könnten es knapp 200 km werden. Wir müssen aber auch damit rechnen, dass es Tage gibt, an denen wir gar nicht weiterkommen. Oder wo der Wind schwächer ist.

Wir fliegen bzw. fahren, Ballons fahren ja, über verlassene Städte, wo es sicherlich kein Wasser mehr gibt. Das Klima hat sich überall gewandelt. Es wird immer trockener. Für uns ist das von Vorteil. So ist niemand da, der uns vom Himmel holen will, um an unsere Vorräte zu gelangen.

Nach der geplanten Tagesstrecke setzen wir zur Landung an. Wir haben uns einen Platz ausgeguckt, wo ein kleiner Hügel ist, von dem wir Drachenflieger wieder komfortabel starten können. Die Drachen werden gleich in die richtige Position gestellt. Li und ich werden losgeschickt, nach etwas Brennbarem zu schauen. Ein paar vertrocknete Büsche sind in der Nähe. Wir sitzen gemütlich am Feuer, das uns auch unsere erste Mahlzeit auf der ersten Etappe gewärmt hat. Wie das so ist, wenn man beisammensitzt – es werden tiefsinnige Gespräche geführt. Mein Vater meint, dass die Pandemie des Virus Humanus, sprich Überbevölkerung, uns jetzt so hart trifft, haben wir auch den Religionen und ihren oberen Führern zu verdanken. „Ja", sagt Herr Shi: „Jede Religion wollte die meisten Schäfchen haben. Dabei hätten sie es in ihrer Macht gehabt zu predigen: „seid nicht so fruchtbar und mehret euch nicht so". Aber sie waren gegen Familienplanung und Geburtenkontrolle. Was will man von senilen und mittlerweile impotenten alten Säcken anderes erwarten. Wer am Ende seines Lebens steht, braucht keine Verantwortung mehr zu tragen." Iwan meint: „Wer weiß, was die in ihrer Jungend alles getrieben haben. Ob sie auch Kinder missbrauchten? Im Alter tun sie alle fromm und scheinheilig. Es sind alles nur Schmarotzer der Gesellschaft, die ohne Aufwand herrlich und in Freuden leben." Vater sagt: „Es sind doch immer nur die kleinen Mitglieder, die nach den Lehren leben und handeln sollen, die Ordensschwestern und Laien."

Li meint nur so in sich versunken: „Aber niemand auf der Welt ist gefragt worden, ob er oder sie geboren werden wollte." Ich sage: „Da hast du recht, ich auch nicht. Aber es ist trotzdem sehr schön, dass du ungefragt für mich auf die Welt gekommen bist." Und wir lachen.

Eine ruhige Nacht hat uns einen erholsamen Schlaf gebracht. Wir löschen die letzte Glut und packen unsere Schlafsäcke zusammen. Eine Katzenwäsche muss heute genügen, denn Wasser ist ein zu hohes Gut. Das Wetter ist wieder wie für uns gemacht. Die Ballons können nur mit der Kraft der Sonne aufsteigen. Li und ich klettern in unsere Drachen. Den Hang hinunter haben wir einen leichten Start. Der Wind bläst mit mittlerer Geschwindigkeit, sodass wir sehr gut vorankommen. Am Abend landen wir wieder an einem Hang, der uns morgen früh das Starten erleichtern soll. Wir schlagen unser Lager auf. Li und ich haben wieder Brennmaterial gesammelt. Als wir das Feuer anzünden wollen, bemerkt Iwan eine riesige Ameise. Er schreit: „Haut sie sofort tot, sonst holt sie ihre ganzen Artgenossen und die fressen uns bei lebendigem Leib." Vater und ich laufen dem etwa 10 cm großen Tier hinterher. So große Ameisen haben wir noch nie gesehen. Sie müssen hier sehr gute Lebensbedingungen gefunden haben. Bei der Verfolgung sehen wir eine Menge Skelette der verschiedensten Tiere. Ob auch Menschenknochen dabei sind, haben wir gar nicht feststellen wollen. So schnell, wie das Tier laufen konnte, waren wir in unserem Leben nicht. Sie wird ihre Kameraden darüber informieren, dass fette Beute zu holen ist. Eine ganze Armee wird sich in unsere Richtung in Bewegung setzen. Schnell packen wir alles wieder zusammen Die ersten Tiere sind schon zu sehen. Zum Glück ist es noch hell genug. Nur dieses Mal müssen die Ballons mit Gas aufsteigen. Einige der Tiere haben uns schon erreicht. Die ersten hängen sich an die Körbe der Ballons. Doch sie steigen bereits auf und die Männer können das Ungeziefer noch hinunterschlagen. Etwa 10 km weiter finden wir wieder einen geeigneten Landeplatz. Von dem Schrecken müssen wir uns erst einmal erholen. Ein herrlicher, roter Sonnenuntergang entschädigt uns. Er soll ja gutes Wetter versprechen.

Die Nacht haben wir ohne Albträume überstanden. Nur das Wetter hält nicht, was das Abendrot versprochen hat. Wir sitzen den ganzen Tag fest. Es fängt auch an zu regnen. Das gibt wieder Zeit für ernste Gespräche.

Vater erzählt uns, dass vor 50 Jahren die jungen Leute auf die Straßen gegangen sind, um gegen die Klimaerwärmung zu protestieren. Sie haben sich sogar auf Straßen festgeklebt und den Verkehr blockiert. Es gab eine fridays-for-future-Bewegung, die freitags für die Rettung des Klimas demonstrierte. Es war aber mehr ein Schuleschwänzen, denn der Großteil dieser Generation warf seine Abfälle einfach in die Gegend oder über Nachbars Zaun. Wenn man aber zu den Menschen sagt: „Du Schwein", beleidigst du die Schweine. Willst du ein Schwein tatsächlich beleidigen, sage zu ihm: „DU MENSCH."

Außerdem konnten sie volle Flaschen auf die höchsten Berge tragen, aber leer wurden sie sooo schwer, dass man sie nicht mehr mit runternehmen konnte. Sie wurden einfach oben liegen gelassen. Auch haben sie gar nicht begriffen, dass das unbegrenzte Wachstum der Erdbevölkerung das größte Problem darstellte. Denken scheint Glückssache zu sein. Sie haben Künstliche Intelligenz entwickelt, waren aber nicht in der Lage zu erkennen, dass die Masse Mensch das Problem war.

Mein Vater mahnt uns, sollte es uns gelingen, einen bewohnbaren Planeten zu finden, müssten wir unbedingt darauf achten, einen „Rechtstaat" aufzubauen. Nicht wie damals in Deutschland, nach dem zweiten Weltkrieg. Es waren wohl noch genügend entnazifizierte Nazis im Dudenverlag, die absichtlich die sensiblen Begriffe „Recht" und „rechts" als Beispiel für die Verwendung des Fugen-S (in diesem Falle: Unfug-S) heranzogen. So hatten sie doch das Gefühl, immer noch im Rechtsstaat beheimatet zu sein. Denn das 3. Reich war ein Rechtsstaat.
Die späteren Dudenfuzzys konnten das nicht berichtigen, ohne ihr dummes Gesicht zu verlieren. Aber man kann rechts

addieren, multiplizieren oder potenzieren, rechts bleibt rechts und wird nie Recht.

Der Einwand, dass es sich um die Genitivform handelt, hinkt gewaltig. Das Haus des Rates ist kein Ratshaus. Der Fahrer des Autos ist kein Autosfahrer. Der Krug des Bieres ist kein Bierskrug. Der Decker des Daches kein Dachsdecker. Das ergäbe eine neue Tierart. Und so gibt es tausende Beispiele.

Damals hat man die Reichsbürger verfolgt, obwohl der Rechtsstaat doch ihre legitime Heimat war.

Außerdem sollen wir in einer Staatengemeinschaft nicht die Einstimmigkeit einführen. Das geht nur bei zwei Staaten, schon bei drei und erst recht bei zwanzig nicht mehr. Sonst ist immer ein Quertreiber dabei, der bei allem sein Veto einlegt. Aus Prinzip oder Kalkül. Man hat doch in den Parlamenten das Mehrheitsstimmrecht. Es ist auch gut so, sonst würde nichts funktionieren. Nur so geht Demokratie.

Vater und Herr Shi gehen mal kurz hinter einen Strauch. Bei Vater will es einfach nicht klappen. Da sagt Herr Shi: „Etwa 2–3 Fingerbreit unter dem Bauchnabel gibt es einen Punkt, wenn man den massiert, dann klappt das." Und siehe da.

Als alle wieder zusammensitzen, kommt das Gespräch auf Erziehung. Herr Shi meint: „Ihr mit eurer antiautoritären Erziehung. Autorität ist doch nichts Verwerfliches. Wer keine Autorität besitzt, kann sich nicht durchsetzen und wird auch nicht akzeptiert. Die Vorstellung, dass Kinder wüssten, was für sie gut ist, ist absurd. Kinder, wie auch neugeborene Tiere, müssen alles erst von Grund auf erlernen. Wissen kann leider nicht vererbt werden. Diese Form der Erziehung bringt nur Anarchisten hervor. Jeder macht, was er will. Das führt unweigerlich zu Chaos."
    Iwan ist der Meinung: „Was ist nun schlimmer, wenn ein Kind, das gar nicht hören will, mal einen Klaps auf den Po be-

kommt, oder wenn es später als Erwachsener von der Polizei mit dem Gummiknüppel verprügelt wird, weil er im Stadion oder sonstwo randaliert?"

„Notorische Prügler, die zu Hause Frau und Kinder verprügeln, kann auch kein Gesetz davon abhalten. Nur verantwortungsvolle Eltern werden so verunsichert", wendet Herr Shi ein.

Heute ist wieder ein herrlicher Tag. Die Sonne scheint schon am frühen Morgen von einem blitzeblanken Himmel. Wir wollen gerade starten, da meldet Li einen Defekt an ihrem Drachen. Wir sagen den anderen dreien aber, sie sollen doch starten. Sie müssen mit ihren Ballons die Energie der Sonne nutzen.

Li und ich sehen uns die Sache mal genauer an. Der Keilriemen zum Propeller ist gerissen. Was nun? Da erinnere ich mich, dass Vater mal erzählte, dass sie an ihrem alten Auto den Keilriemen durch eine Strumpfhose ersetzt haben. Aber im Sommer trägt Frau keine Strumpfhose. Doch ein paar Kniestrümpfe können wir zusammenknoten. Hoffentlich hält das bis ans Ziel. Es ist aber auch schön, dass wir zwei Mal ungestört sind. Etwas Zeit haben wir noch. Die alten Herrschaften werden wir wieder einholen.

Plötzlich bemerken wir in einiger Entfernung eine Gruppe Jungs. Auf eine Begegnung wollen wir es nicht ankommen lassen. Jetzt aber schnell in die Drachen. Sie haben uns entdeckt. Das Gejohle wird immer lauter. Sie haben uns fast erreicht. Im letzten Moment heben wir ab.

Höher und höher schrauben wir uns in den Himmel. Das ist auch nötig, wenn wir die Ballons bald einholen wollen. Im Gleitflug erreichen wir die nötige Geschwindigkeit.

Kurz vor Baikonur sind wir noch ganz schön hoch. Ich rufe Vater über Funk und frage ihn: „Müssten wir im Westen nicht den Aralsee sehen können?" „Ja", sagt Vater, „du hast recht. Er wird sicher ausgetrocknet sein, wie auch das Kaspische Meer."

Baikonur

Am Nachmittag erreichen wir Baikonur. Wir sind so neugierig, dass wir uns gleich auf Erkundungstour zur Startrampe begeben. Iwan freut sich, wieder an seiner alten Wirkungsstätte zu sein. Gleich versucht er, noch alte Weggenossen ausfindig zu machen. Er hat Glück, dass sie in der Nähe geblieben sind. Ist das ein Hallo! Gleich macht eine Flasche Wodka die Runde. Wir feiern bis in die Nacht.

Erst am Mittag des nächsten Tages sind wir wieder in der Lage klar zu denken. Iwan und seine Kollegen besichtigen mit uns die Anlage. Er wusste noch, wo ein Verpflegungslager ist, das nicht geplündert wurde. Selbst seine Kollegen kannten es nicht. Die Freude ist natürlich riesig.

Danach checkt Iwan die fertige Rakete. Seine Kollegen helfen ihm dabei. Wer etwas zu essen und zu trinken bieten kann, der steht hoch im Kurs.

Dann erleben die Männer aber eine böse Überraschung. Der Treibstoff für die erste Stufe der Rakete reicht nicht. Was nun? So kommen wir nicht vom Erdboden. Unser Plan lässt sich scheinbar nicht verwirklichen. Die Enttäuschung ist riesig. Nach all den Strapazen, die wir schon hinter uns haben, ist uns zum Heulen.

Ich will mich aber nicht entmutigen lassen. Wir müssen doch einen Ausweg finden können. Ich hatte mich nicht umsonst mit Flugzeug- und Raketenantrieben beschäftigt. Herr Shi sagt: „Lasst uns erst mal eine Nacht darüber schlafen."

Der nächste Morgen bringt aber auch noch keine Erleuchtung. Wir streifen weiter durchs Gelände. Vielleicht ist ja doch noch irgendwo Treibstoff. Hier nicht und da nicht und dort auch nicht. Alle lassen die Köpfe hängen.

Plötzlich durchfährt es mich wie ein Blitz. Ich rufe alle zusammen. Hört mal: „Wäre es möglich, gleich mit der zweiten

Stufe zu starten, wenn wir ein Staurohr dahinter anbringen? Die meiste Energie ging doch bis jetzt außerhalb in der Flamme verloren. Im Staurohr wird viel mehr Luftmasse angesaugt und beschleunigt. Es tritt erhitzte Luft und keine Flamme mehr aus. Eine kleinere Stufe würde die gleiche Leistung bringen. Außerdem ist sie viel leichter."

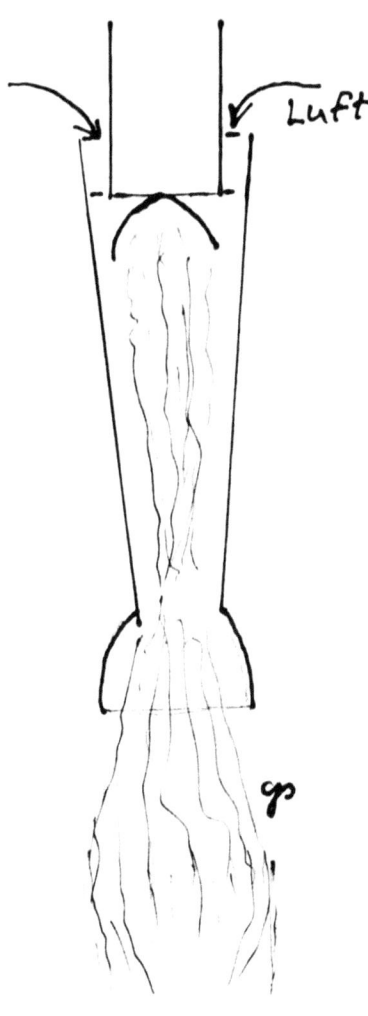

„Ja, für eine zweite Stufe ist noch genügend Treibstoff da", sagt Iwan. „Dann bauen wir zwei zweite Stufen hintereinander." Herr Shi ist von der Idee ganz begeistert. Li ist auch sehr stolz auf mich. Sie gibt mir verstohlen einen Kuss.

Alle machen sich gleich an die Arbeit. Erst mal müssen wir große Bleche für das Staurohr haben. Iwans Kollegen wissen, wo noch Bleche zu finden sind. Sie sind aber nicht groß genug, um die Teile aus einem Stück biegen zu können. Es wird geschweißt und geformt, bis es brauchbar aussieht.

Die Rakete wird aus der Montagehalle langsam zur Startrampe gefahren. Jetzt kommt der kritische Moment, in dem sich zeigt, ob sich unsere neue Konstruktion auch richtig aufrichten lässt.

Hurra, es ist geschafft. Alle stehen und klatschen. Die einzelnen Stufen müssen nun mit Treibstoff gefüllt werden. Wird er reichen? Das Ganze dauert einen halben Tag. In der Nacht sollen wir aber nicht mehr starten. Eine kleine Abschiedsfeier soll es doch auch noch geben.

Uns wird es langsam ein wenig mulmig. Einmal wird es ein Abschied für immer von unserer Heimat Erde. Zweitens wissen wir nicht, ob der Start problemlos klappt. Wir haben ja nur den einen Versuch. Aber alle bereiten uns eine so schöne Feier, dass wir sämtliche Bedenken ganz vergessen. Jeder wünscht uns für die Zukunft alles erdenklich Gute. Iwan sagt: „Ihr seid noch so jung, ihr habt noch das ewige Leben. Es fühlt sich in eurem Alter zumindest so an."

Am nächsten Morgen ziehen wir unsere Raumanzüge an. Der für Li ist ein wenig groß, aber ein kleinerer war nicht zu finden. Er ist immer noch besser als keiner. Vater und Herr Shi setzen uns in die Raumkapsel. Beide nehmen uns noch einmal in die Arme. Auch sie haben Tränen in den Augen, obwohl sie sonst immer so cool sind. Vater sagt: „Toi, toi, toi, macht's gut." Herr Shi hält Li noch immer in den Armen und flüstert ihr seine guten Wünsche auf Chinesisch ins Ohr.

Wir sind jetzt allein in der Kapsel. Der Countdown läuft und bei Zero hebt die Rakete ab. Jetzt sind wir auf uns alleine gestellt. Wichtig ist, dass die neue erste Stufe lange genug Schub liefert wie zuvor die normale erste Stufe. Es sieht aber so aus, als liefe alles problemlos.

Das Andockmanöver an die Raumstation wird noch von der Erde aus gesteuert. Auch das klappt ohne Schwierigkeiten. Die Module sind alle verlassen. Nein, im letzten Modul sind einige erfrorene Astronauten. Es sind vier Frauen und zwei Männer. Wir verriegeln das Modul ganz schnell wieder. Was sollen wir auch machen? Vielleicht können wir sie später, wenn wir einen bewohnbaren Planeten gefunden haben, noch einmal zum Leben erwecken. Wenn uns nicht das gleiche Schicksal ereilt.

Zuerst müssen wir alle Systeme checken. Die Sonnensegel sind noch okay. Sie sind nicht durch Weltraumschrott beschädigt worden. Alle anderen Systeme sind auch in Ordnung.

Nach all der Aufregung lassen wir uns erst einmal von der Schwerelosigkeit beeindrucken. Damit unsere Knochen unter der Schwerelosigkeit nicht zu sehr leiden, sollen wir genug Vitamin D einnehmen, denn in der Kapsel gibt es zwar Sonnenlicht, aber keine UV-Strahlen. So kann unser Körper kein Vitamin D bilden. Außerdem schützt es auch vor gewissen Herzrhythmusstörungen. Es bewirkt einen ganz gleichmäßigen Herzschlag.

Wie sollen wir aber die Erdumlaufbahn verlassen und nach einem für Menschen bewohnbaren Planeten suchen? Wenn wir Lichtjahre unterwegs sind, müssten wir viele neue Generationen zeugen. Reichen da unsere Vorräte? Genügend eingefrorene Eizellen und Spermien haben wir mitgenommen.

Li sagt: „Lass uns für heute mal keine Gedanken mehr machen. Ich bin gespannt, wie man in der Schwerelosigkeit schlafen wird."

Kos und Uni

Am Morgen werden wir von merkwürdigen Geräuschen geweckt. Zwei unbekannte Gestalten schauen uns freundlich an. Ich will wissen: „Wie kommt ihr denn hier herein?" Die männlich wirkende Gestalt stellt sich vor: „Ich bin Kos Mos." „Und ich bin Uni Versum. Ihr könnt aber Kos und Uni zu uns sagen." Kos fügt noch hinzu: „Wir wollen euch zu einem Exoplaneten bringen, auf dem ihr eine neue Menschheitsgeschichte beginnen könnt. Wir sind mal gespannt, ob es euch gelingt, länger dort zu überleben als auf der Erde."

„Jetzt müssen wir eure Station erst mal auf Geschwindigkeit bringen", meint Uni. „Schneller als etwa 80 % Lichtgeschwindigkeit können wir nicht werden. Nun wollt ihr sicher wissen warum. Das All ist kein absolutes Vakuum. Wenn auch nur wenige Teilchen vorhanden sind. Aber bei so hoher Geschwindigkeit werden sie doch zusammengepresst und es entsteht Reibung", sagt Kos.

Lichtgeschwindigkeit

Uni erklärt uns: „Ist die Lichtgeschwindigkeit konstant (300.000 km/s), dann ist auch die Entfernung 300.000 km konstant. Und auch die Zeit eine Sekunde ist konstant. Oder ist bei euch Logik nicht logisch? Kann man sie dehnen, kürzen oder gar krümmen? Manche fragen auch, was ist Logik? Kann man die essen?" „Das Beispiel mit den Myonen ist auch so ein Mysterium. Wenn sie senkrecht mit Lichtgeschwindigkeit durch die Atmosphäre rasen, brauchen sie für die 30 km Lufthülle 1/10.000 Sek. Bei einer Geschwindigkeit von 99,99 % Lichtgeschwindigkeit sind es immerhin noch 1/9.999 Sek. Das ist zu kurz, um zu zerfallen. Anders ist es, wenn sie schräg in die Atmosphäre eindringen würden.

„Nachdem euer King Einstein seine Energieformel kreiert hatte, konnte er euch Senf für Honig und Salz für Zucker verkaufen, ihr habt ihm alles abgenommen. Er hat ja auch gesagt: ‚Fantasie ist mehr wert als Wissen.' Er war nicht nur ein genialer Denker, sondern auch ein genialer Schelm", sagt Uni.

Ätsch

„Das Beispiel mit den zwei Zügen, die auf zwei Gleisen aneinander vorbeifahren: Jeder hat eine Geschwindigkeit von 300 km/h. Diese Geschwindigkeiten sollen addiert werden und ergeben 600 km/h. Was soll das für einen Effekt haben? Wo entstehen diese 600 km/h? Geschwindigkeiten lassen sich generell nicht addieren, subtrahieren oder multiplizieren. Es ist nur ein emotionaler Eindruck, wenn ich in einem der Züge sitze und schaue zu dem anderen. Schließe ich die Augen oder schaue aus dem entgegengesetzten Fenster, ändert sich an der Geschwindigkeit meines Zuges nichts. Und an der Geschwindigkeit des anderen Zuges auch nicht. Außerdem entsteht dieser Eindruck nur bei einem längeren Zug. Wenn zwei Autos aneinander vorbeifahren, bemerkt man keine Verdoppelung der Geschwindigkeiten. Die Autos sind viel zu kurz. Wenn die Gleise 50 m weit voneinander parallel verlaufen, merkt man von einer Verdopplung der Geschwindigkeit auch nichts. Schaue ich aus dem Zugfenster, sausen Bäume und Sträucher am Bahndamm nur so an mir vorbei, während Berge am Horizont lange langsam vorüberziehen.

Wenn die zwei Züge mit 300 km/h in einer Richtung nebeneinander fahren, muss man die Geschwindigkeiten subtrahieren. 300 km/h – 300 km/h = 0 km/h? Bleiben die Züge jetzt stehen? Es kommt einem vielleicht so vor, denn wenn ich in das Fenster des Nachbarzuges schaue, kann ich mich mit dem Nachbarn in Gebärdensprache so lange unterhalten, wie die Züge nebeneinander herfahren. So verhält es sich auch, wenn zwei Fahrradfahrer nebeneinander fahren. Sie können sich unterhalten, ohne stehen zu bleiben.

Nichts anderes ist es mit der Lichtgeschwindigkeit. Säßet ihr jeder auf einem Lichtstrahl, wie in den Zügen, hättet ihr auch den Eindruck, mit doppelter Lichtgeschwindigkeit aneinander vorbeizurasen.

Wenn sich die Geschwindigkeiten addieren würden, wäret ihr mit euren Autos mit Lichtgeschwindigkeit auf den Straßen herumgesaust.

Beim Überholen addieren sich die Geschwindigkeiten von zwei Autos auch nicht. Fährt der eine 50 km/h, der Überholende 100 km/h, werden daraus auch keine 150 km/h.

Stellt euch vor, ihr wollt euch in einem Ort in 100 km Entfernung treffen. Li fährt mit dem Auto mit 100 km/h. Du fährst mit dem Fahrrad mit 10 km/h. Li ist in 1 Stunde am Ziel. In der Stunde bist du aber erst 10 km weit gekommen. Es liegen noch 9 Stunden vor dir. Ist Li deswegen 9 Stunden jünger als du? Sie kann in den 9 Stunden shoppen, andere Dinge machen oder einfach auf dich warten. Wenn du dann endlich eintriffst, seid ihr beide 10 Stunden älter", meint KOS.

„Dass in einem Flugzeug die Uhren anders gehen sollen als am Boden, ist ein Trugschluss. Je höher das Flugzeug fliegt, desto größer wird die Kreisbahn um die Erde. Bei gleicher Geschwindigkeit wie in Bodennähe erscheint dem Beobachter am Boden die zurückgelegte Strecke kürzer und die Uhren langsamer. Das ist aber nur eine emotionale Täuschung. Könnte das Flugzeug entsprechend schneller fliegen, gingen die Uhren gleich, nur die Entfernung zum selben Punkt auf der Erde ist größer", ergänzt Uni. „Gingen die Uhren im Flugzeug anders, stimmte etwas mit den Uhren nicht. Wahrscheinlich sind die Batterien fast entladen."

„Noch ein Beispiel zur Relativität: Ich wälze mit Li in einer Stunde ein spannendes Thema. Dann kommt uns diese Stunde relativ kurz vor. Du wartest dieselbe Stunde auf Uni. Dann kommt dir die Stunde relativ lang vor. Das ist aber nur jeweils unser individueller Eindruck. Denn an der Länge der Stunde hat sich nichts geändert", erklärt uns Kos.

„Das alles sind emotionale Täuschungen, relativ zu optischen Täuschungen", fügt Uni hinzu.

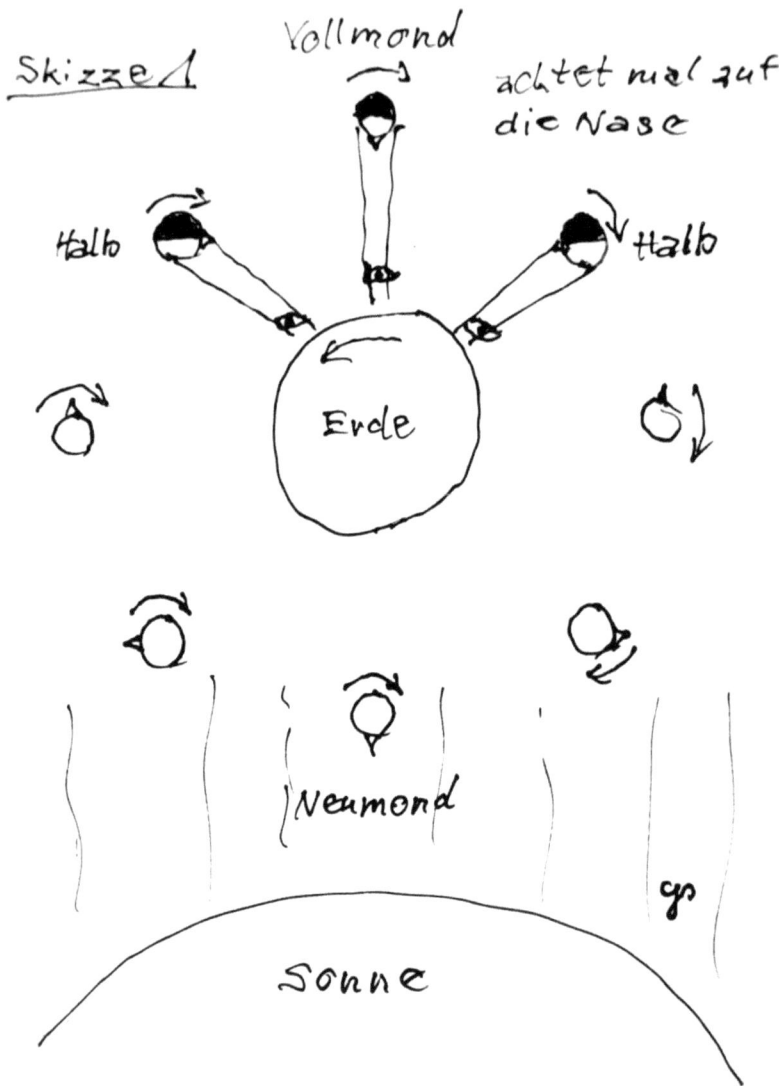

Skizze 1

Vollmond

achtet mal auf die Nase

Halb

Halb

Erde

Neumond

Sonne

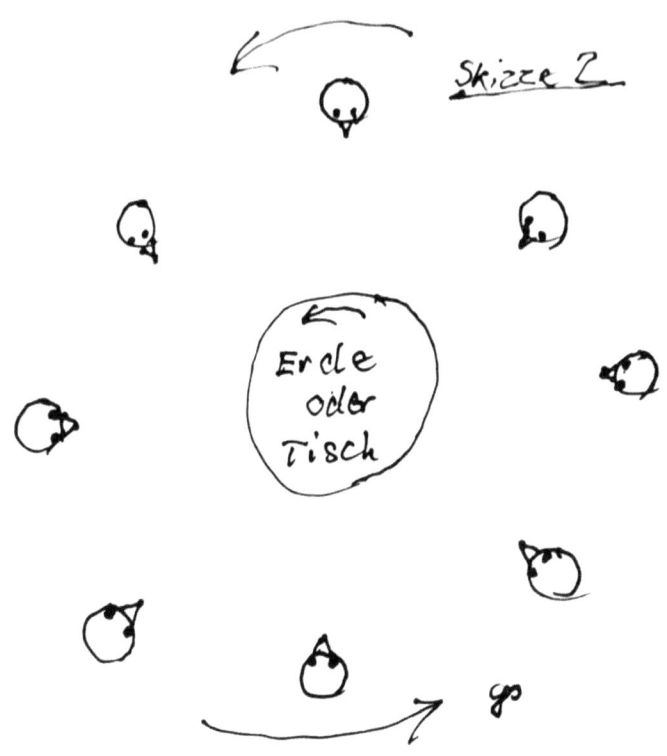

Skizze 2

Erde oder Tisch

So sieht es aus, wenn der Mond nicht rotiert und immer nur eine Seite zeigt.

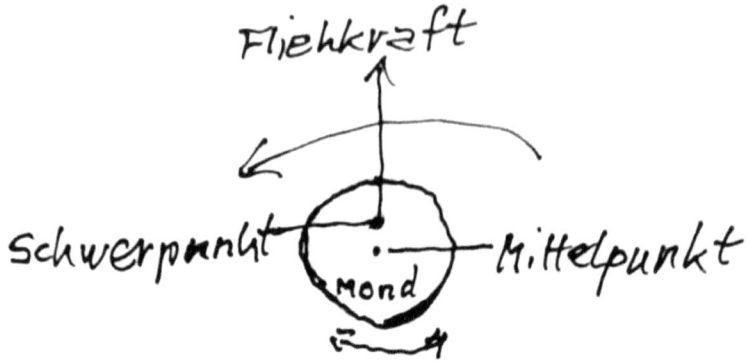

Fliehkraft

Schwerpunkt — Mittelpunkt

Mond

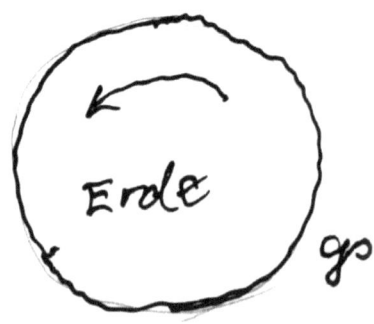

Erde

Der Mond

Ich möchte ferner von den beiden gerne wissen: „Rotiert der Mond um sich selbst oder nicht?" Uni antwortet: „Ihr seht doch immer nur eine Seite vom Mond. Eure Astronomen haben auch festgestellt, dass er pendelt, sodass 59 % seiner Oberfläche sichtbar sind. Aber ein Körper, der pendelt, rotiert nicht. Im Umkehrschluss: Ein Körper, der rotiert, der pendelt nicht. Man müsste von Halbmond über Vollmond zum abnehmenden Halbmond eine Veränderung feststellen können.

Niemand von euren „Ex Perten"berücksichtigt scheinbar, dass ein Mondjahr elf Tage kürzer ist als ein Erdjahr. Das entspricht 1/3 Umlaufbahn des Mondes um die Erde. Nach 14 1/2 Erdmonaten sind es

14 1/2 Tage, was einer halben Mondumlaufbahn entspricht. Diese halbe Umlaufbahn bleibt der Mond im Erdjahr zurück. Das wäre die Stellung des Neumondes. So präsentiert euch der Mond seine ganze Rückseite bei voller Sonnenbestrahlung. Das geschähe natürlich nicht abrupt, von jetzt auf nun, sondern kontinuierlich, Tag für Tag, Monat für Monat. Ihr müsstet es deutlich beobachten können. Aber wir haben den Eindruck, dass diese einfache Berechnung niemand unter den 15 Milliarden Menschen auf der Erde versteht. Denn was nicht sein darf, kann bei euch nicht sein. Wenn ihr einmal eine Schablone mit vorgefertigter Meinung im Kopf habt, ist sie so gut wie nicht mehr zu revidieren.

Nun wollt ihr sicher wissen, warum der Mond euch immer nur eine Seite zukehrt. Das ist eigentlich ganz einfach. Sein Schwerpunkt ist nicht in seinem Zentrum. Von der Erde aus gesehen liegt er hinter seinem Mittelpunkt. Und durch die Fliehkraft beim Umlauf um die Erde kann er nicht rotieren, lediglich pendeln. So zeigt er euch stets nur eine Seite."

Kos fügt noch hinzu: „Wie die elliptische Umlaufbahn um die Erde entsteht, sagen wir euch, wenn wir erklären, wie die elliptischen Umlaufbahnen der Planeten entstehen."

Nach so viel Astronomie-Unterricht sind wir ganz schön müde geworden. Noch schnell einen Blick auf unseren blauen Planeten werfen. Lange werden wir ihn nicht mehr genießen können.

Nach einem erholsamen Schlaf befinden wir uns ein ganzes Stück außerhalb unserer Galaxie. Uni und Kos wollen sie uns aus dem All zeigen. Kos sagt: „Schaut mal aus dem Fenster. Jetzt könnt ihr das schwarze Loch im Zentrum eurer Galaxie sehen. Es ist aber noch viele, viele Lichtjahre entfernt."

Schwarzes Loch

„Was ist eigentlich ein schwarzes Loch?", will Li wissen.

„Ein schwarzes Loch ist eigentlich gar kein Loch. Nur ihr bezeichnet es so. Es war ganz am Beginn des Alls eine Blase absoluten Vakuums. Ohne Materie, ohne Temperatur (minus unendlich Grad Kelvin) und ohne Zeit (Ewigkeit). Erst mit der Aufnahme von Materie begann die Zeit. Zeit vergeht, wo etwas altern kann. Jedes Vakuum will sich füllen. So nimmt das Schwarze Loch ständig Materie auf.

Es ist aber nicht so, dass ganze Gestirne in es hineinfallen. Sie werden vorher so erhitzt, dass sie verdampfen. Das sind die hellen Wolken, die ihr um das schwarze Loch seht. Wenn die freien Atome vom schwarzen Loch aufgenommen werden, werden sie quasi schockgefroren. Sie verlieren alle Wärmeenergie und können keine Spannung mehr aufbauen. So können sie auch die Elektronen nicht mehr an sich binden. Elektronen sind die einzigen, die das Schwarze Loch als Jet verlassen können. Ja, sie werden regelrecht ausgeschieden.

Die Atomkerne und wenige andere Teilchen schweben spiralförmig ins Zentrum des Schwarzen Loches. Dort lagern sie sich als Schwarze Materie zu einer riesigen rotierenden Kugel ab. Ohne ihre Elektronen liegen die Atomkerne eng aufeinander. Das erklärt die hohe Dichte schwarzer Materie. Nun fragt ihr euch, wo bleibt die Wärmeenergie? Das Volumen der Vakuumblase verkleinert sich. Die Wärme wird quasi vernichtet", erklärt uns Kos. Uni fügt noch hinzu: „Wenn die Schwarzen Löcher im All die sie umgebende Materie alle aufgenommen haben, gehen im All die Lichter aus. Das All besteht dann noch lange aus Schwarzen Löchern, gefüllt mit schwarzer Materie. Irgendwann werden sie von der schwarzen Materiekugel im Zentrum des Alls aufgenommen und es entsteht vielleicht irgendwann wieder ein neues All. Auf eurer Erde läuft eine Unmenge an schwarzen Löchern herum."

Wir fliegen noch langsam durch unser Sonnensystem, an allen Planeten vorbei. So nah haben wir sie noch nie gesehen. Heute stehen die Gravitation und die Fliehkraft auf dem Lehrplan.

Gravitation

Gravitation und Fliehkraft

Kos beginnt uns die Gravitation zu erklären: „Die Gravitation umgibt einen Massekörper wie eine Aura, ist aber verformbar wie ein Plasma. Durch die Rotation des Körpers wird sie spiralförmig gekrümmt. Schaut euch mal eine Galaxie an. Denkt euch vom Rand ins Zentrum der Galaxie Linien, wie Meridiane, dann sind diese gekrümmt.

Äquatorial bildet sich durch die Fliehkraft ein „Gravitationsfeld", in dem sich, wie im Sonnensystem, die Planeten anordnen. Doch auch an den Polen wirkt die Gravitation, sonst würdet ihr dort von der Erde fallen.

Die Gravitationen der Körper beeinflussen sich gegenseitig. Das führt zu Interferenzen."

Raumkrümmung

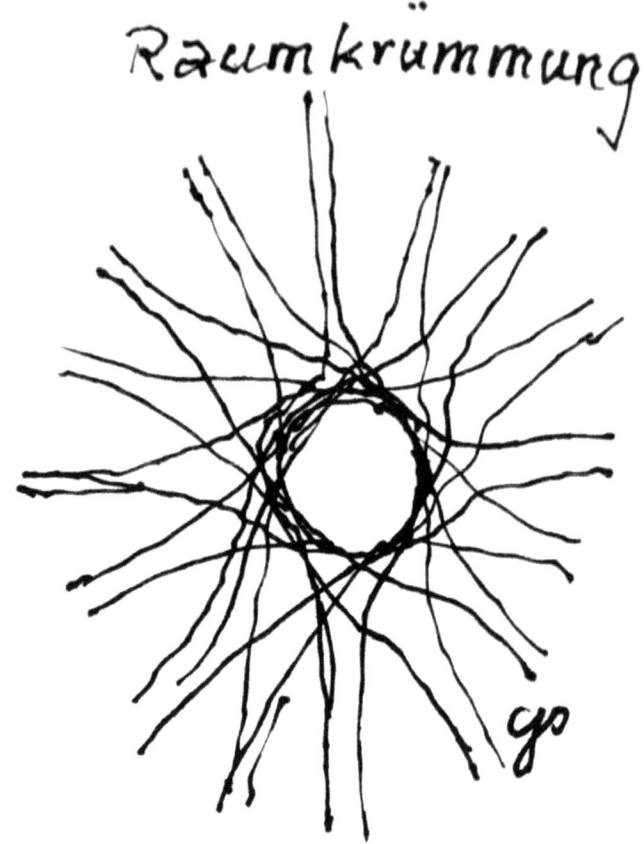

usw, usw, usw....

Raumkrümmung

„Wir wollen euren King Einstein nicht von seinem Thron stoßen, aber auch ein Genie kann irren. Unseren Raum lassen wir nicht krümmen, er ist neutral. Die Darstellung mit der Kugel auf einem Sprungtuch ist eindrucksvoll, besser gesagt „eindrücksvoll", aber nur zweidimensional. Um im dreidimensionalen Raum alle Krümmungsmöglichkeiten darzustellen, braucht man unendlich viele Sprungtücher. Das gäbe ein Gewurschtele und sie heben sich gegenseitig auf. Was wie gesagt gekrümmt wird, ist die Gravitation rotierender Körper. Sie rotiert am Körper schneller als weiter außen.

Außerdem wird die Gravitation, z. B. der Sonne beim Flug durch die Galaxie, in Flugrichtung gestaucht und hinter ihr gedehnt. So entstehen die elliptischen Umlaufbahnen der Planeten. Und so verhält es sich auch mit der Umlaufbahn des Mondes um die Erde."

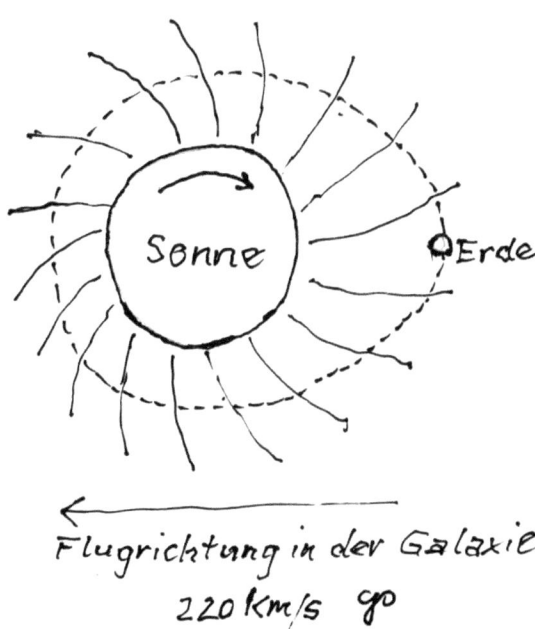

41

Uns raucht der Kopf. Wir müssen erst einmal wieder aus dem Fenster in den Himmel schauen. Die Sonne und die Planeten sehen wir mit ganz anderen Augen.

Uni erklärt uns jetzt: „Die Fliehkraft ist nach der Gravitation die zweitwichtigste Kraft im All. Nur wenn beide relativ im Gleichgewicht sind, bleibt alles auf seiner Bahn. Deshalb muss alles in Rotation bleiben. Nehmen wir die Erde. Die drei Parameter sind ihr Gewicht, ihre Distanz zur Sonne und ihre Umlaufgeschwindigkeit um die Sonne. Alle drei müssen aufeinander abgestimmt sein, damit die Erde auf ihrer Bahn bleibt. Alle anderen Planeten und Gestirne natürlich auch. Wobei die Gravitation leicht stärker ist als die Fliehkraft, sodass ein schwarzes Loch die thermische Materie aufsaugen kann."

Uni und Kos haben in ca. 100 Lichtjahren einen Exoplaneten für uns, auf dem wir eine neue Zivilisation gründen können. Wir brauchen aber bis dahin etwa 120 Jahre. „So lange lebt kein Mensch", sage ich zu den beiden. Sie sagen: „Lasst das mal uns machen. Wir versetzen euch in einen Tiefschlaf und frieren euch bis dahin ein. Wenn es unterwegs etwas Interessantes gibt, wecken wir euch wieder auf."

Exoplanet auf halbem Weg

Auf halbem Weg wecken die beiden uns wieder. Es ist schwer, aus so einem Tiefschlaf wieder zu sich zu kommen. Die Lebensgeister waren schließlich tiefgefroren. Nach ein paar Stunden Regeneration sind wir aber wieder voll da. Aus dem Fenster sehen wir einen blauen Planeten. Und wir fragen: „Sind wir denn schon wieder zurück zur Erde?" „Nein", sagt Uni. „Gleich dockt eine Landefähre an und holt euch ab." „Aber wo sind wir denn?" „Lasst euch überraschen."

Zwei hübsche junge Astronautinnen nehmen uns mit in ihre Landekapsel. „Wir sind Akire und Egni. Wir wollen euch unseren Planeten zeigen. Unsere Nordkönigin wird euch in Empfang nehmen. Später werdet ihr auch noch die Südkönigin kennen lernen."

Li ist ganz begeistert, wie die beiden die Landekapsel manövrieren. Überhaupt ist es überraschend, dass uns keine Männer abholen. „Gibt es auf eurem Planeten gar keine Männer?", will ich wissen.

„Doch, schon, aber sie spielen bei uns eine untergeordnete Rolle. Lasst euch das gleich von unserer Königin erklären."

Wir landen auf einem Landeplatz mitten in einem Park. Hunderte Schaulustige erwarten uns schon. Bei genauem Hinsehen sind es alles Frauen und Mädchen. Ein paar Männer in Livree, es sind wohl die Chauffeure hochgestellter Damen. Die Männer sind aber verhältnismäßig klein. Wir werden mit einer Prunkkarosse abgeholt.

Es geht durch breite Alleen zu einem riesigen, prächtigen Palast. Wir durchschreiten ein riesiges Portal. Rechts und links stehen Portiers in schicken Uniformen. Sie öffnen uns das prachtvolle Tor. Wir kommen in eine noch prächtigere Halle. Überall ist weißer Marmor. Die schwungvolle Freitreppe führt zu den oberen

Räumen und Gemächern. Wir werden von einer sehr hübschen jungen Dame in das Allerheiligste der Königin geführt. Sie ist eine große, stattliche Erscheinung. Ihr Kostüm ist aus feinem Samt. Der Schmuck besteht aus Weißgold mit Diamanten und anderen Edelsteinen. Aber eine Krone trägt sie nicht. Sie begrüßt uns mit einem Kopfnicken. Dann kommt sie auf Li zu und umarmt sie. Ich stehe ein wenig wie ein armer Tropf daneben. Li wird bevorzugt behandelt. Sie fühlt sich schon wie eine Fürstin.

Die Königin sagt: „Komm, Li, ich zeige dir das Schloss." Ich darf auf Bitten von Li auch dabei sein. Zuerst kommen wir in den Thronsaal. Hier ist nicht mit Marmor und Gold gespart. Große Reliefs zeigen die religiöse Geschichte des Volkes. Die Königin erklärt: „Unsere Göttin hat laut unserer Lebib zuerst Ave und aus einer ihrer Rippen Mada erschaffen. Die beiden hatten zwei Töchter, Niek und Leba. Niek wurde Königin der Nordhalbkugel und Labe bekam die Südhalbkugel unseres Planeten als Königreich. So wurde keine benachteiligt und es herrscht Frieden bis in die heutige Zeit."

Mir fällt auf, dass auf den Bildern der Ahnengalerie nur Frauen abgebildet sind. Ich erlaube mir zu fragen: „Hat es denn gar keine männlichen Herrscher gegeben?" Die Königin lacht aus voller Brust. „Nein, bei uns lassen sich die Frauen die Macht nicht aus den Händen nehmen. Was meinst du, warum wir auf unserem Planeten so lange überlebt haben? Immerhin schon über 60 Millionen Jahre. Was wir auch weiterhin wollen. Wobei ein Jahr 402 Tage hat. Unser Planet Edre ist kleiner und dreht sich schneller als eure Erde."
Wir gehen weiter durch herrliche Gänge und Flure. Das Schloss muss unheimlich viele Räume haben. Die Königin ruft einen Lakaien, er soll uns in ein für uns vorgesehenes Schlösschen bringen, wo wir zusammenwohnen können. Da nur Frauen alleine, zu zweit, oder auch mehrere zusammenwohnen, hat man für uns eine Ausnahme gemacht, weil wir die Sitten und Gebräuche hier nicht kennen.

Viel Gepäck haben wir nicht. Was wir benötigen, bekommen wir zur Verfügung gestellt. Jetzt machen wir erst mal Toilette. Die Duscharmaturen sind aus purem Gold. Gold scheint hier das bevorzugte Metall zu sein.

Unsere Herberge ist luxuriös. Im Untergeschoss ist die Küche untergebracht. Dort wuseln nur kleine Männer herum und erfüllen uns jeden Wunsch. Li wird besonders unter die Lupe genommen und verwöhnt.

Unser Schlafgemach hat große Fenster mit Aussicht auf einen wunderbar gepflegten Park. Die Allee, durch die wir gekommen sind, muss auf der anderen Seite sein. Nur die Bäume hier sind ganz anders als bei uns auf der Erde. Sie sehen eher aus wie die Urzeitfarne früher bei uns.

Am Abend sind wir zu einem Bankett eingeladen. Es scheint nur vegetarische Speisen zu geben. Die Vorspeise wird auf einem goldenen Tablett serviert. Sie sieht aus wie eine Grassode. Zum Besteck gehört auch eine Schere, mit der man die Halme abschneidet. Sie schmecken aber sehr gut, doch anders als Gras. Es gibt für uns weitere unbekannte Speisen, die aber hervorragend schmecken. Kunstvoll geschnitzte Obst- und Gemüsearten, Nusscremes, ähnlich wie Nugat, in tollen Formen gegossen, alkoholische Getränke kennt man hier offensichtlich nicht. Trotzdem sind die Cocktails sehr lecker. In flaschenähnlichen Früchten ist ein Getränk, das wie Bier schmeckt. Es ist aber alkoholfrei. Plastikflaschen oder Verpackungen aus Plastik kennen die Bewohner von Edre nicht. So gibt es auch keine Probleme, wie es sie auf der Erde gab.

Li sitzt direkt neben der Königin. Mich hat man notgedrungen gegenüber an den Tisch gesetzt. Ich kann ihre Unterhaltung nur schwer verfolgen. Li will alles über die Frauenherrschaft wissen. Ich glaube, unsere Freunde Kos und Uni haben uns extra auf diesem Planeten abgesetzt, damit wir und besonders Li erfahren, wie auf anderen Planeten als der Erde ein langes Überleben funktionieren kann.

Der Saal ist fast nur mit schlanken Frauen gefüllt. Dicke Menschen gibt es gar nicht. Männer fungieren als Kellner. Sie sind alle verhältnismäßig klein und schmächtig. Li fragt die Königin: „Wie organisiert ihr eure Gesellschaft?" „Nach mir an der Spitze kommt die Kanzlerin. Sie steht dem Parlament vor." „Das ist genauso, wie es auf der Erde war. Nur dass es bei euch alles Frauen sind. Bei uns waren es überwiegend Männer", sagt Li.

Ich scheine der Hahn im Korb zu sein. Alle Frauenaugen sind auf mich gerichtet. Ich komme mir vor wie ein Schauobjekt. Im Erdboden kann ich jedoch nicht versinken. Ich muss den Blicken standhalten. Meine direkte Nachbarin fragt ganz ungeniert, ob sie ein Kind von mir haben könne. Als ihre Nachbarinnen das hören, werden auch sie hellhörig und hegen den gleichen Wunsch. Das erzähle ich Li später. Sie ist zu meiner Überraschung sogar damit einverstanden. Nur mit direktem Körperkontakt nicht. Als Samenspender darf ich fungieren.

Die Königin hatte ihr vorgeschlagen, ein paar Frauen von ihrem Planeten zur Gründung unseres neuen Volkes mitzunehmen. Das würde die Gefahr einer Inzucht vorbeugen.

Besuch auf der Erde

Die Königin setzt ihre Schilderung fort: „Wir haben vor vielen Jahren einmal eine Botschaft von der Erde empfangen, woraufhin wir ein Raumschiff ausgestattet und zu euch geschickt haben, um zu sehen, wer die Absender sind. Ihr habt unser Raumschiff übrigens fliegende Untertasse genannt. Na ja, ist ja auch egal. Um die große Entfernung zu überleben, waren vier Crews an Bord. Jede Crew bestand aus vier Astronautinnen. Eine Crew war ein paar Jahre wach und überwachte den Flug, während die anderen eingefroren schliefen. Dann wurde gewechselt. So konnten sie die große Entfernung überleben, ohne zu stark zu altern.

Die Landung erfolgte in einer Wüste. Wie sich später herausstellte, waren sie in Amerika gelandet. Das Raumschiff hat nur eine Crew abgesetzt. Dann hoben sie wieder ab und versteckten sich auf der Rückseite des Mondes. So konnten sie von der Erde aus nicht gesehen werden. Nur eine kleine Antenne hatten sie auf dem Pol platziert, damit sie per Funk zu erreichen waren, wenn die Crew wieder abgeholt werden wollte. Inzwischen haben die anderen Mädels die Rückseite eures Mondes erforscht.

Wir hatten den Mädels ein paar Kilo Gold mitgegeben. Das konnten sie verkaufen, um an irdisches Geld zu gelangen. Dass wir die besten Sprachgenies aussandten, war natürlich klar. Und in Amerika fiel es auch nicht auf, wenn man woanders herkam und einen anderen Slang sprach. Bei dem zusammengewürfelten Volk sprach sowieso jeder anders.

Auf der Erde sind die Mädels auf die UNO aufmerksam geworden. Sie interessierten sich dafür, was das für eine Institution ist, und haben festgestellt, dass es sich um einen zahnlosen Tiger handelt. Sie kostete nur eine unnötige Menge Geld. Wie kann man mit Einstimmigkeit schwierige Probleme lösen? Ein Querulant ist immer dabei, der sein Veto einlegt. Sei es, dass es ihn betrifft oder aus Prinzip. Den gleichen Unsinn haben sie später auch in Europa erlebt. Demokratisch ist das nicht, wenn sich die Mehrheit nach ein paar Querköpfen richten muss. Da kann doch nichts bei rauskommen. Sie waren auch in Deutschland. Stellt euch vor, dort hätte im Bundestag oder im Bundesrat alles einstimmig verabschiedet werden müssen. Es wäre wohl kaum ein Gesetz erlassen werden können. Die Sachsen oder Bayern hätten mit ihrem Veto alles blockiert.

Die Myster und Mysterinnen in ihren Mysterien trafen ebenso mystische Entscheidungen, die die Bürger zum größten Teil nicht verstanden, aber am eigenen Leib oder am Geldbeutel zu spüren bekamen.

Da durch eure freie Erziehung nur noch Anarchie herrschte, wo jeder machte, was er wollte, wurden die Mädels von vier Rowdys belästigt und angegriffen. Die hatten aber nicht damit gerechnet, dass sie auf Meisterinnen im Etarak, was bei uns nur eine Sportart ist, getroffen waren. Jedenfalls haben die Mädels die vier ziemlich auseinandergenommen, sodass sie ins Krankenhaus mussten.

Auch sonst hielt sich kaum noch jemand an Recht und Ordnung. So konnte eine Gesellschaft nicht funktionieren.

Für den Notfall hatten die Mädels auch noch Mikrowellenpistolen dabei. Wenn man mit denen auf den Kopf zielte, fing das Gehirn an zu kochen und der Schädel explodierte.

Zur Anhörung wurden unsere Mädels vor Gericht geladen. Dabei bemerkten sie, dass die Justiz völlig auf den Kopf gestellt war. Ein Beispiel: Eine junge Frau wurde von einem Täter vergewaltigt. Es erging folgendes Urteil: Die alleinige Schuld trifft die junge Frau. Die Urteilsbegründung: Warum hat sie zur gleichen Zeit den Weg des Täters gekreuzt? Wäre sie 5 Minuten früher oder später dort vorbeigegangen, wäre ihr ja nichts passiert. Ein schizophrener Psychologe hat dem Täter attestiert, dass er nur seinen natürlichen Trieben gefolgt sei und gar nichts dafür konnte.

Es hat eine Zeit gegeben, da wäre der Täter einen Kopf kürzer gemacht worden. Aber dann hätte er ja nie wieder sein Unwesen treiben können. Und die Gerichte wären nicht erfreulicherweise hoffnungsvoll überlastet. Die Frau bekam drei Monate auf Bewährung. Als sie dem Hohlkopf von Richter wünschte, dass es seinen Töchtern oder seiner Frau ergehen solle wie ihr, dann würde er bestimmt anders urteilen, betrachtete der Herr das als Verfluchung und verurteilte sie zu weiteren 1000 € Strafe.

Arroganz und Ignoranz sind auch eine Form von Dummheit, gegen die laut Goethe selbst Götter vergeblich kämpfen.

Im Grundgesetz Deutschlands steht: Die Würde des Menschen ist unantastbar. Es steht nicht: Das Leben des Menschen ist unantastbar. Wenn aber doch einer die Würde des anderen missachtet, hat er doch selbst keine Würde. Dann muss man ihn auch nicht achten.

Am Samstag wurden im Fernsehen immer die Lottozahlen gezogen. Anfangs gab es eine Maschine mit Kugeln, die nacheinander in Rohre fielen. Einmal hat man einen Fehler eingebaut, damit hat man begründet, dass das Gerät defekt sei und es wurde abgeschafft. Seither werden die Zahlen nach einer Statistik von jemandem gedichtet, damit sie nicht so oft getippt werden. Dadurch ergibt sich ein höherer Jackpot. Je mehr im Jackpot ist, desto mehr wollen ihn gewinnen und umso mehr nimmt der Staat ein. Es kommen jetzt Zahlen, die mit der Maschine nie so gezogen wurden. Überall nur Manipulation.

Wenn jemand zu Geld kam, hieß es: Geld verdirbt den Charakter. Wir meinen, es offenbart ihn. Er war schon immer vorhanden, konnte sich aber ohne Geld nicht so entfalten.

In den Städten, solche Häusermeere kannten die Mädels von zu Hause ja nicht, wunderten sie sich über das Wohnen in Mietkasernen. Sie nannten die Wohnungen Karnickelkästen. So wollten sie aber nicht ihr Leben lang wohnen müssen.

Sie erkannten, dass durch die riesige Masse Mensch der Lebensraum und auch das Trinkwasser immer knapper wurden. Das führte zwangsläufig zu Konflikten. Die Regenwälder wurden gnadenlos abgeholzt, um Ackerland zu schaffen. Die Natur war in einem erbärmlichen Zustand. Überall wurde gegraben, gebaggert, gepumpt und zerstört. Wenn die Konzerne gekonnt hätten, würden sie auch den Eisenkern der Erde ausbeuten.

Was unseren Mädels noch unverständlicher erschien, war das Laden der Autos. Sie fuhren zwar schon elektrisch, aber jedes Auto brauchte eine eigene Steckdose. Bei uns werden die Batterien an Ladestationen einfach gewechselt. Das erspart lange Wartezeiten. Man kann in wenigen Minuten weiterfahren. Und es sind Millionen Zapfsäulen überflüssig. Es gab einmal unzählige Tankstellen, die man zu Ladestationen hätte umfunktionieren können. Auch ein Windrad konnte man direkt daneben stellen.

Was sie ganz schlimm fanden, waren die Streitereien unter den verschiedenen Völkern, die sich sogar gegenseitig vernichteten. Es gab eine Unmenge von Religionen und jede wollte die einzig Richtige sein. Dabei waren doch alle nur von Menschen erfunden, um das Volk zu beherrschen und zu manipulieren. Die Oberen Priester konnten ohne körperliche Arbeit und finanziellen Aufwand herrlich in Saus und Braus leben. Im Grunde waren sie Schmarotzer der Gesellschaft. So etwas kannten die Mädels von zu Hause überhaupt nicht.

Wenn es bei uns zu Differenzen kommt, tragen es die Streithennen untereinander aus. Sie hetzen nicht das ganze Volk gegeneinander auf zum Beispiel, Nord- gegen Südhalbkugel. Sie treten entweder geistig im intellektuellen Wettstreit oder sportlich gegeneinander an. Die Übrigen sind Zuschauer und feuern ihren Favoriten höchstens an. Waffen kennen sie gar nicht. Nur für alle Fälle haben sie die Mikrowellenpistolen entwickelt. Man konnte ja nicht wissen, was einen auf der Erde erwartet.

Am Abend hatten die Mädels eine Disco entdeckt. So hübsche junge Damen fanden naturgemäß schnell Anschluss bei ebenso netten jungen Herren. Es wurde wild getanzt und der Alkohol, den unsere Mädels gar nicht kannten, tat sein Übriges. Man kam sich schnell näher. Für den nächsten Tag hatte man sich in der Stadt am Dom verabredet. Das gab es auch noch, die jungen Männer waren anständig erzogen und hatten gute Manieren.

Sie zeigten den Mädels gerne ihre Stadt und deren Sehenswürdigkeiten. Am Abend wurden sie zu einem der Jungs nach Hause eingeladen. Es gab eine vegane Grillparty. Das war ganz nach dem Geschmack unserer Ladys. Zu vorgerückter Stunde kam man sich noch etwas näher. Und am nächsten Morgen wachte jede bei einem anderen der Herren im Bett auf.

Man verbrachte bis zur Abreise der Mädels noch ein paar sehr schöne Tage. Sie hatten ihren Liebhabern selbstverständlich ihre Herkunft verschwiegen.

Erst auf dem Heimflug stellte sich heraus, dass sie sich von der Erde ein paar Andenken mitgenommen hatten. Eine bekam Zwillingsmädchen und die anderen drei je einen Buben. Das hat unsere Gene ein bisschen aufgefrischt.

Am Ende ihrer Mission riefen sie das Raumschiff, um wieder abgeholt zu werden. Ein Taxifahrer brachte sie für den Rest des Geldes, und das war nicht wenig, zum Landeplatz des OFU (Originale fliegende Untertasse).

Unsere Mädels hatten sich einen Überblick verschafft, ihre Eindrücke gesammelt und mit zu uns heimgebracht. Hier haben wir alles analysiert. Aber ich muss euch enttäuschen, denn wir waren es auch. So wie ihr gelebt habt, wollten wir nicht enden.“

„Was ist denn für euch der Sinn des Lebens?", frage ich meine Nachbarin. Sie antwortet: „Für uns ist der Sinn des Lebens einfach nur die Erhaltung unserer Art. Dazu gehört allerdings auch, dass wir auf den Erhalt unseres Lebensraums achten und dafür sorgen müssen, dass die Edre nicht von uns übervölkert und zerstört wird."

Der Abend geht zu Ende. Die Damen stehen noch in kleinen Grüppchen zusammen. Sie diskutieren und schwatzen. Es ist nicht so oft ein Pärchen aus einem anderen Winkel des Alls zu Gast.

Wir sind nach einem so anstrengenden Tag ziemlich kaputt. Ein livrierter junger Mann bringt uns in einem autonom fahrenden Wagen zu unserem Schlösschen. Als wir zu Bett gehen, können wir nicht einschlafen. Alles läuft noch einmal wie ein Film vor uns ab. Ich sage zu Li: „Ich befürchte, die nächsten Tage werden nicht anders ablaufen. Es ist interessant, so viel Neues zu erleben und wir werden so manches für unseren Neuanfang übernehmen können." Li stimmt mir zu, ist aber schon nah dem Reich der Träume.

Nach einer erholsamen Nacht werden wir wieder von unserem Boy abgeholt. Er bringt uns zum Schloss, wo uns die Königin zum Frühstück empfängt. Heute will sie uns erklären, wie die Gesellschaft des Planeten aufgebaut ist.

„Die Unterteilung in die zwei großen Reiche Nord und Süd besteht seit Urbeginn. Wobei die beiden Reiche nicht miteinander konkurrieren, sondern zusammenarbeiten. Spionage wie auf der Erde gibt es bei uns nicht. Es herrscht ein reger Gedankenaustausch.

Euch ist sicher schon aufgefallen, dass bei uns die Frauen das Sagen haben. Ich treffe mich mit der Südkönigin in regelmäßigen Abständen, wo wir die anstehenden Themen erörtern.

Die Parlamente der beiden Halbkugeln beraten die Themen und fassen sie in Gesetze, die dann einheitlich für den ganzen Planeten gelten. Es gibt selten Meinungsverschiedenheiten, die dann per Los entschieden werden müssen, denn ein Veto würde keinen Sinn machen.

Da die Bevölkerung auf Edre überschaubar ist, ca. 500 Millionen, sind die Kontinente nur in gut zugänglichen Regionen, vor allem an den Küsten, besiedelt. Es wurde nicht viel Land urbar gemacht. So bleibt die Natur überall in Takt. Alles spielt sich in den gemäßigten Zonen ab. Da die Bevölkerung, wie gesagt, geringgehalten wird, muss niemand in den Extremzonen siedeln.

Jede Wohngemeinschaft besteht aus Kindern, Müttern, Großmüttern und Urgroßmüttern, manchmal auch noch Ururgroßmüttern. Die Gemeinschaften, bei manchen sind auch sterilisierte Männer dabei, haben ein Haus oder Häusergruppen mit Gärten. Hochhäuser wie auf der Erde kennen wir hier nicht.

Die Lebensmittel werden in großen landwirtschaftlichen Betrieben produziert. Gewächshäuser und Maschinen werden alle gemeinsam genutzt. Geleitet werden die Betriebe von einem Team. Niemand will sich hervortun oder andere unterdrücken. Wenn man es von Kindheit an nicht anders kennt, kommt man auch nicht auf andere Gedanken. Jede arbeitet, wo es ihr gefällt, und nach ihren Fähigkeiten. Es gibt keinen Neid und keine Missgunst. Auch keine Gier, mehr haben zu wollen als andere. Bei den männlichen Mitarbeitern ist es genauso. Nur sind sie keine Führungskräfte. Sollte es unter den Frauen doch einmal zu Streit kommen, werden die Streithennen getrennt. Strafmaßnahmen gibt es nicht. Das Team der Leitung greift zu pädagogischen Mitteln. Kraft ihrer Autorität bringen sie die Mädels zur Einsicht.

Beim Vertrieb der Produkte gibt es auch keine Verteilungskämpfe, da niemand mehr will, als er wirklich braucht. Ist einmal etwas knapp, wird es ehrlich geteilt. Das ist überall so."

Nach dieser Informationsstunde wird wieder unser Boy gerufen. Er bringt uns zu einem Gebäude, auf dessen Dach eine große Windturbine installiert ist. Hier wird Nachhaltigkeit nicht nur großgeschrieben, sondern auch praktiziert.

Das Gebäude ist ein Laboratorium, in dem in alle Richtungen geforscht wird. Es geht immer darum, wie man auf natürlicher Basis das Leben verbessern kann und vor allem auch dafür zu sorgen, dass die Bevölkerung auf einem für den Planeten erträglichen Niveau bleibt.

Die Leiterin führt Li in eine Abteilung, die ich nicht betreten darf.

Li erzählt mir später, was dort gemacht wird: „In diesen Laboratorien wird das Bevölkerungswachstum gesteuert. Die Spermien von auserwählten Männern werden hier nach männlichen und weiblichen getrennt. Wenn eine Frau den Wunsch nach einem Kind hat, wird ihr eine im Reagenzglas befruchtete Eizelle implantiert. Da höchstens 20 % der Bevölkerung männlich sein sollen, sind die meisten Kinder halt Mädchen. Knaben werden kurz vor der Geschlechtsreife sterilisiert. So hat die Frauengesellschaft immer die Kontrolle über die Bevölkerung auf Edre."

Die Leiterin fragt Li, ob sie ein solches Gerät zur Spermientrennung haben möchte, um auf unserem neuen Planeten auch eine effektive Bevölkerungsplanung durchführen zu können. Außerdem brauche sie noch ein Gerät, mit dem Sterilisationen durchführt werden. Li sagt Ja und denkt, dass sie das mit mir immer noch besprechen könne.

„Ihre Sexualität leben die Frauen untereinander oder in speziellen Etablissements mit sterilisierten Männern aus. Es kann also keine unkontrollierte Schwangerschaft erfolgen. Das funktioniert schon Jahrtausende.

Es heißt aber nicht, dass die Männer nicht auch am gesellschaftlichen Leben teilnehmen. Sie gehen genauso mit den Mädchen zur Schule, studieren zusammen und arbeiten gemeinsam in der Landwirtschaft und in den Betrieben. Außerdem ist die Erfindungsgabe der Männer sehr gefragt. Männer sind von Natur aus fauler als Frauen. Routinearbeiten lassen sie lieber von Maschinen machen. Auch bei anderen Projekten sind ihre Ideen sehr beliebt. Nur das Kinderkriegen konnten wir noch nicht an die Männer übertragen. Was auch gut ist, so behalten wir die Kontrolle auf diesem Planeten", lacht die Leiterin.

Später berichtet mir Li bewegt von dem Gespräch mit der Leiterin.

Die großen Frachtschiffe werden so ähnlich wie unser Boot auf dem Baikalsee über Windturbinen angetrieben. Es herrscht ein reger Warenaustausch zwischen Nord und Süd. Aber auch Fähren und Passagierschiffe werden nach diesem Prinzip angetrieben.

In den Flüssen liegen von der Mündung bis weit hinauf Ketten auf dem Grund. Da haken die Schiffsführer Zahnräder ein, die durch die Strömung des Flusswassers angetrieben werden. Das geschieht umgekehrt wie beim Schaufelraddampfer. Die Schaufeln treiben die Zahnräder an. So befördert der Fluss die Schiffe selbst stromaufwärts. Es dauert vielleicht etwas länger, aber Hektik ist hier ein Fremdwort. Dafür ist die Beförderung aber gratis und die Umwelt wird nicht belastet.

Am nächsten Tag frage ich unseren Boy: „Habt ihr denn gar keine Polizei?" Er schaut mich ganz verdutzt an und fragt zurück: „Was meinst du damit?" „Na ja, das ist eine Gruppe, die für die Einhaltung der Gesetze und Vorschriften sorgt. Die den Verkehr regelt und Straftaten verfolgt." „Solche Leute brauchen wir nicht. Wenn mal jemand etwas Verbotenes macht, wird sie oder er darauf hingewiesen. Dann ist derjenige einsichtig und entschuldigt sich."

„Habt ihr auch kein Heer?" Auch hier wieder dieser fragende Blick. „Gibt es bei euch keine kriegerischen Auseinandersetzungen?" „Was sind kriegerische Auseinandersetzungen?" „Wenn zwei oder auch mehrere Völker ihre Meinungsverschiedenheiten mit Waffen austragen." „Jetzt musst du mir erst mal erklären, was Waffen sind." „Waffen sind Geräte, mit denen man den Gegner bekämpfen kann."

„Was sind Gegner?" Ich gebe auf. Meine Fragen treffen hier auf völliges Unverständnis. Wenn man in solcher Harmonie lebt, gibt es auch keine größeren Konflikte. Kleine Unstimmigkeiten werden vor einer Schiedsfrau geklärt.

Die Gene plus Erziehung und das Vorleben der Werte bestimmen das Zusammenleben der Gesellschaft. Den Kindern wird die Harmonie quasi in die Wiege gelegt.

Heute habe ich den Geburtstag von Li vergessen. Dadurch, dass hier das Jahr länger ist, gilt auch ein anderer Kalender. Sie ist furchtbar enttäuscht. Ich kann es gar nicht wiedergutmachen, so oft ich mich auch entschuldige. Unsere Begleiterin sagt: „Ein Menschenleben ist zu kurz, um sich zu streiten oder zu schmollen. Die Zeit ist viel zu kostbar. Vertragt euch wieder. Er hat sich doch aufrichtig entschuldigt." Li entschuldigt sich ihrerseits und sieht ein, dass es sich wirklich nicht lohnt, nachtragend zu sein.

Erst jetzt kommen wir dazu, die Natur zu erkunden. Wie schon gesagt, es ist nur ein geringer Teil des Landes besiedelt. Die überwiegende Fläche ist bewaldet – allerdings mit Baumarten, die es auf der Erde nicht gibt. Sie sind noch erhalten, wie sie von Beginn an entstanden sind.

Es haben sich auch andere Tiere entwickelt als auf unserer Erde. Es sind zwar Ähnlichkeiten vorhanden, doch hat die Evolution andere Lebewesen hervorgebracht. Die Zahl der Arten ist sicher genauso groß, wie sie auf der Erde auch einmal war. Nur dass sie kaum aussterben. Sie können sich sogar noch ungestört weiterentwickeln. Wir haben einen kleinen Dino entdeckt, der aber nur so groß ist wie bei uns ein Huhn. Auch wolpertingerähnliche Geschöpfe wuseln im Gelände.

Heuschreckenplagen, die die Ernten bedrohen, gibt es hier auch. „Wir haben aber eine Methode entwickelt, mit der wir der Plagegeister Herr werden und noch davon profitieren. Da das Feld sowieso verloren ist, zünden wir es an. Die Heuschrecken werden gleich gegrillt und wir haben eine proteinreiche Nahrung", sagt unsere Begleiterin.

Auch die Pflanzen sind anders als die, die wir von der Erde kennen. Die Bäume, Büsche und vor allem die Blumen.

Die Gebirge erinnern uns an die auf unserer Erde. Allerdings sind sie noch immer schneebedeckt. Die Gletscher speisen die Flüsse, wie wir es nur aus Erzählungen kennen. Die Sonnenuntergänge leuchten in violetten Farben.

Es ist mal wieder ein herrlicher Sonnentag. Heute fahren wir zu einem Autorennen. Wie es nicht anders zu erwarten ist, sind nur Frauen am Start. Es heulen keine Motoren. Elektroautos machen keinen Lärm. Die Form der Wagen ist ganz anders, als wir sie kennen. Sie sehen aus wie umgekehrte Tragflächen eines Flugzeugs. Die gewölbte Seite zum Boden und die gerade Seite nach oben. So zieht der Fahrtwind den Wagen zur Fahrbahn. Es sind keine Spoiler nötig, um ihn nicht abheben zu lassen.

Der Parcours ist anspruchsvoll. An Kurven wurde nicht gespart. Unsere Favoritin ist Eklis, die Nr. 7 natürlich. Das Rennen beginnt. Eklis ist nicht gut weggekommen, aber sie holt schnell auf. Ihr Wagen hat scheinbar einen stärkeren Motor. Das darf selbstverständlich nicht sein. So ist es mit Sicherheit ihrem fahrerischen Können geschuldet.

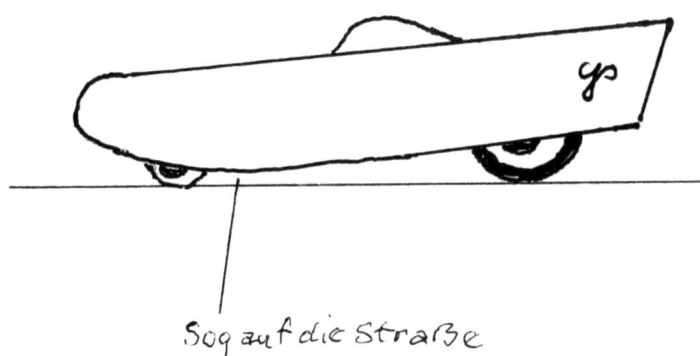

Sog auf die Straße

Es kommt der erste Boxenstopp. Die Reifen werden in Windeseile gewechselt, ebenso die Batterie. Ein Aufladen würde viel zu lange dauern. Bei den Straßenautos macht man das hier genauso. Es gibt Ladestationen, die immer geladene Batterien vorrätig haben. Außerdem muss nur zu den Stationen genügend Strom geliefert werden. Allerdings haben die Batterien eine Normgröße. Ist das Auto größer, werden halt zwei oder drei Batterien eingesetzt.

Das Rennen geht noch über mehrere Runden. Eklis fährt nach einer dramatischen Aufholjagd als Erste durchs Ziel.

Am Nachmittag dürfen auch die Männer ihr Können beweisen. Unser Boy fährt als Dritter über die Ziellinie. Er ist trotzdem ganz stolz.

Fahrradrennen, wie wir sie kennen, gibt es nicht. Die Gefährte sehen aus wie die Autos, nur kleiner, und sie werden mit Muskelkraft angetrieben. Diese Rennen fahren überwiegend die Männer.

Am nächsten Tag haben wir eine Überraschung für unsere Gastgeber. Denn Fußball kennen sie nicht. Ein Hindernis gibt es, wir haben keinen Ball. Irgendwie müssen wir einen Ball beschaffen. Auf unserer Erkundungstour vor ein paar Tagen haben wir in der Landschaft eine Frucht gesehen, die aussah wie ein Fußball. Wir schicken unseren Boy los, so eine Frucht zu holen. Oder besser gleich mehrere.

Nachdem wir die Spielregeln erklärt haben, geht es zur Sache. Das ist eine Gaudi. Die Mädels stellen sich gar nicht ungeschickt an. Ab jetzt sollen Vereine gegründet und Turniere ausgetragen werden. So können wir doch auch etwas Neues hinterlassen.

Am nächsten Tag fliegen wir mit einem Elektroflugzeug über den Äquator zur Südkönigin. Sie hat fast den gleichen Palast wie die Nordkönigin. Die Vegetation unterscheidet sich kaum vom Norden. Wir landen fast mitten in der Stadt in der Nähe des Zentrums. Da die Flugzeuge keinen Lärm machen, ist das möglich. Die Bewohner werden weder durch Lärm noch durch Abgase belästigt.

Wieder holt uns eine autonome Droschke ab und bringt uns zum Palast. Auch hier wird Li von der Königin herzlich empfangen und gedrückt. Ich bekomme ein beiläufiges Kopfnicken. Das bin ich nun schon gewöhnt. Dieses Mal bekommen wir ein Quartier im Schloss. Zwei getrennte Suiten stehen uns zur Verfügung. Aber es gibt immerhin eine Verbindungstür. Nur wo ist der Schlüssel? Wir mögen nicht danach fragen. Also: getrennt schlafen? Aber nicht mit uns, es geht ja auch außen herum.

Der nächste Tag ist total verregnet. Also machen wir mit dem königlichen Stab eine Schiffsfahrt. Vier Windturbinen treiben uns schnell voran. Das Meer ist ganz schön aufgewühlt. Die Kapitänin (Gendern hat hier keinen Sinn) hat einiges zu tun, um uns auf Kurs zu halten.

Sie bringt uns zu einer Insel, auf der es seltene Affen gibt. Die Tiere sind sehr intelligent. Sie haben eine staatsähnliche Lebensform entwickelt. Das Interessante ist, auch bei ihnen herrschen die Weibchen. Man weiß nicht, haben die Menschen des Planeten es sich bei den Affen oder die Affen bei den Menschen abgeschaut? Diese Frage kann auch die Königin nicht beantworten. Das gehe bis in die Urzeit zurück.

Das Wetter klart auf. Die Sonne scheint und der Himmel tut so, als wäre nichts gewesen. Wir fahren weiter. Die Kapitänin bringt uns zu einer weiteren Insel mit einem herrlichen Strand. Der Sand ist fein und weiß wie Schnee. Die anderen Passagiere sind vor uns am Wasser. Alle lassen die Hüllen fallen. Scham kennt hier keiner, wenn es jeder von Kindheit an so gewohnt ist.

Wir schwimmen ein Stück hinaus. Eine beeindruckende Unterwasserwelt nimmt uns in ihren Bann. Man möchte gar nicht mehr an Land. Nach einer gefühlten Ewigkeit legen wir uns in den warmen Sand. Es ist ein wohliges Gefühl.

Wir fragen die Strandnachbarin: „Habt ihr gar keine Angst vor einem Sonnenbrand?" Die Frage trifft wohl wieder einmal auf Unverständnis. Entweder haben die Leute hier eine unempfindliche Haut oder die hiesige Sonne hat keine UV-Strahlen. Wir halten uns vorsichtshalber lieber im Schatten auf.

Ein imposanter Sonnenuntergang leitet den Abend ein. Li sagt: „Schau mal, die haben hier zwei Monde. Das ist uns bis jetzt gar nicht aufgefallen." „Wir hatten auch noch nicht die Gelegenheit, den Nachthimmel so richtig zu betrachten."

Die Monde sind unterschiedlich groß. Wir sitzen jetzt an einer Strandbar und eine unserer Nachbarinnen klärt uns auf, dass sie auch unterschiedlich schnell rotieren. Der Kleinere schneller als der Größere. Das sei aber immer so. Je größer ein Gestirn sei, desto langsamer rotiere es. Aber das wüssten wir sicher schon.

Wir beziehen Quartier in einem Bungalow und verbringen die Nacht auf der Insel. Es ist eine lauschige Liebesnacht für uns zwei. So viel Zeit hatten wir schon lange nicht füreinander.

Wir dürfen auch lange ausschlafen. Das Frühstück bekommen wir bis ins Schlafgemach gebracht und genießen es in vollen Zügen. Erst am Nachmittag müssen wir wieder an Bord sein, um zurück zum Schloss zu fahren.

Der Vormittag ist wieder wunderschön. Die Damen aus der Crew zeigen den Mädchen vom Service das von uns mitgebrachte Fußballspiel. Jetzt ist es Strandfußball. Die Gaudi ist riesengroß.

Auf der Rückfahrt ist die See, als ob sie nie ruhiger gewesen wäre. Erschöpft schlafen wir am Abend ein. Der nächste Tag ist für einen Besuch in einem Krankenhaus geplant.

Hier sagt man eher Gesundungshaus. Es werden überwiegend Knochenbrüche und Unfallverletzungen behandelt. Andere schwere Erkrankungen gibt es eigentlich gar nicht. Die Ärztin Riama erklärt uns, warum es Krebs oder andere schwere Krankheiten auf Edre nicht gibt: „Durch unsere genetische Auslese der Eizellen und Spermien können wir diese Krankheiten von vornherein ausschließen." Jetzt verstehen wir, warum alle so gesund sind.

Der Tag ist gekommen, an dem wir den Frauenplaneten wieder verlassen müssen. Li ist noch voller Begeisterung, was sie alles erlebt hat. Die Königin fragt uns: „Wollt ihr nicht in einer unserer ‚Fliegenden Untertassen' eure Weiterreise antreten? Wir geben sie euch gerne. Es ist doch bequemer als in eurer engen Raumstation. Unsere Mädels holen euch alles, was ihr braucht, noch schnell von eurer Station herunter." Wir sind von dem Angebot natürlich vollauf begeistert. „Außerdem wird euch eine erfahrene Crew begleiten".

Der Abschied fällt vor allem Li schwer. Aber dass sie ein paar neue Freundinnen mitnehmen kann, macht es ihr leichter.

Der Start klappt hervorragend. Uni und Kos nehmen unsere verstärkte Mann-, nein Frauschaft, gebührend in Empfang. Aus Li sprudelt alles heraus, was sie in den letzten Tagen an Eindrücken gesammelt hat. Die Frauen kommen noch lange nicht zur Ruhe. Es ist ein Lachen und Gickeln. Uni hat ihre helle Freude.

Uhrknall

Der Urknall

Ich ziehe mich mit Kos in ein anderes Modul zurück. Nun habe ich endlich die Gelegenheit, ihn zu fragen: „Keiner weiß es und alle wissen nicht, wie das All entstanden ist. Kannst du es mir erklären?"

Kos holt tief Luft. „Du weißt, dass das nicht in ein paar Minuten erläutert ist. Sollten wir das nicht auf später verschieben, wenn ihr euch erholt habt?" „Ja, du hast recht. Wir gehen erst mal schlafen." Auch im Nachbarmodul ist Ruhe eingekehrt.

Ich weiß nicht, wie lange wir geschlafen haben. Aber es muss sehr lange gewesen sein. Uni und Kos haben uns nicht geweckt. Bei der Morgentoilette ist es ziemlich eng geworden. Alle haben einen Mordshunger. Jetzt müssen wir erst mal in unserer Astronautenkost nach vegetarischen Vorräten suchen. Unsere neuen Mitreisenden wollen jedoch auch unsere Kost probieren. Sie wollen sich an unsere Gewohnheiten anpassen. Ob ihnen unser Essen bekommt, müssen wir abwarten. Ein wenig Bauchgrimmen hat es ihnen schon beschert. Ihr Körper muss sich erst umstellen.

Bevor Uni und Kos uns wieder in den Tiefstschlaf versetzen, wollen wir doch noch wissen, wie das All entstanden ist. Das, was man uns auf der Erde erzählt hat, ist doch etwas dubios. Unsere neuen Mädels sind auch ganz Ohr. Kos beginnt: „Es übersteigt immer noch eure Vorstellungskraft, dass der Raum unendlich ist. Für euch muss alles einen Anfang und ein Ende haben. Und nach eurem All soll es nichts weiter geben. Ihr seid doch nur Winzlinge im unendlichen Raum. Warum soll es keine weiteren Alle in einem Überall geben?

Die Materie, aus der die Galaxien bestehen, ist in verschiedenen Regionen des unendlichen Raums durch unendlich viele kleine Einsteinsche Urknällchen, sozusagen in kosmischen Gewittern, entstanden. Je nach Intensität des Knällchens bildeten sich die unterschiedlichen Bausteine der Materie. Dieser Materiestaub wurde von großen Blasen absoluten Vakuums aufgesaugt. Ihr wisst doch noch, wie ein Schwarzes Loch, ohne Materie, ohne Temperatur und ohne Zeit. Zeit beginnt, wo sich etwas bewegt, wo es Veränderung gibt.

Diese Blasen, gefüllt mit schwarzer Materie, schwebten durch den Raum. Als zwei von ihnen miteinander kollidierten, verteilte sich der Atomkernstaub im Raum. Durch die kinetische Energie des Zusammenpralls wurde er erhitzt. Die Atomkerne konnten Spannung aufbauen und umgaben sich mit den im Raum schwebenden Elektronen, die nicht von Vakuumblasen aufgenommen werden. Es entstand die euch bekannte thermische Materie, aus der ja auch ihr seid.

Ein Teil des Vakuums wurde wie Sektblasen im Raum verteilt. Es sind die Schwarzen Löcher, wie ihr sie nennt. Die Funktion der Schwarzen Löcher haben wir euch ja schon erklärt. Sie sind quasi die Eizellen der Galaxien.

Eine Galaxie ist wie ein Motor mit einem Wirkungsgrad von 100 %. (Wirkungsgrad = 1 − Tu : Th) wobei Tu = 0 Grad Kelvin im Schwarzen Loch ist.

Die nicht erhitzte und nicht im Raum verteilte schwarze Materie beider kollidierter Kugeln hat sich zu einer großen Kugel vereinigt, umschlossen von den ebenfalls vereinigten Vakuumblasen. Dadurch, dass die Kugeln nicht frontal, sondern peripher kollidierten, wurde die riesige Restkugel in Rotation versetzt.

Auch das All ist eine Scheibe, angetrieben von der schwarzen Materie im Zentrum. Wer von euch Menschlein ist eigentlich auf die Nürnberger Trichterform gekommen?

Das riesige Gravitationsfeld der schwarzen Materie im Zentrum hält das All zusammen. Die Fliehkräfte sorgen dafür, dass die Galaxien auf ihren Bahnen bleiben. Aber das wisst ihr ja schon.

Das All dehnt sich nicht weiter aus, wie ihr annehmt. Es hat etwa die Hälfte seines Alters erreicht. Alle freischwebende thermische Materie ist um die Schwarzen Löcher in den Galaxien gebunden und zum Teil schon in den Schwarzen Löchern in schwarze Materie zurückverwandelt.

Wisst ihr überhaupt, wo das Zentrum des Alls ist? In welche Richtung ihr schauen müsst? Da das All auch eine Scheibe ist, sind hinter dem Zentrum noch genauso viele Galaxien wie in eurem Blickfeld. Wenn ihr von der Erde aus am Zentrum vorbeigesehen habt, sind die Entfernungen weit größer.

Würdet ihr lange genug leben, könntet ihr noch beobachten, wie ein kleines All neu entsteht. Eure Astronomen haben doch entdeckt, wie zwei Schwarze Löcher aufeinander zu fliegen. Da passiert dann das Gleiche, was ich euch bei der Entstehung des Alls erklärt habe.

Bei all euren Beobachtungen habt ihr nicht berücksichtigt, dass ihr keine stationären Beobachter im All seid. Ihr fliegt mit eurem Sonnensystem mit 220 km/s durch eure Galaxie. Entfernt ihr euch von einem Gestirn oder einer Galaxie, sieht es so aus, als würde die Galaxie sich von euch entfernen oder umgekehrt. Das ist der gleiche Effekt wie bei den Zügen, die im Bahnhof nebeneinanderstehen und man nicht weiß, fährt jetzt unser oder der andere an? Außerdem fliegt ihr in Flugrichtung des Sonnensystems zeitweilig etwa 100.000 km/h schneller und entgegen der Flugrichtung 100.000 km/h langsamer. Doch das ist auch nur eine emotionale Täuschung."

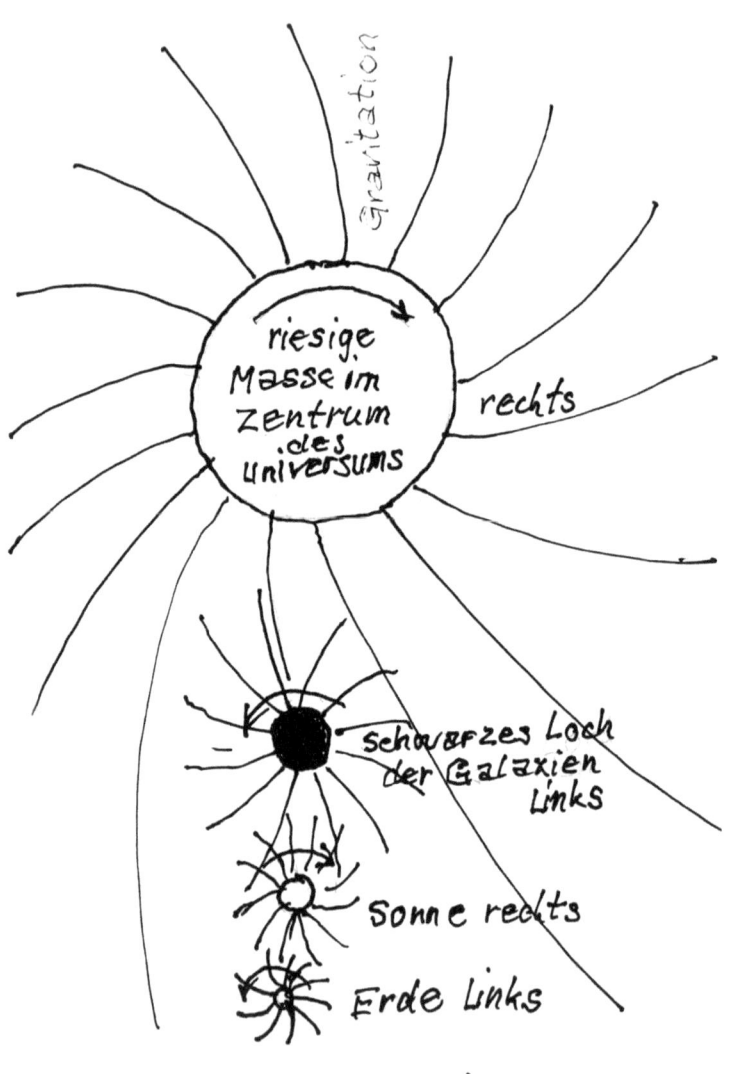

Getriebe des Universums
go

Das Getriebe des Alls

Uni will uns noch etwas anderes erklären: „Ist es euch schon aufgefallen, dass das All wie ein Getriebe funktioniert?" „Nein", sage ich. „Passt auf: Wir betrachten alles so, als schauten wir auf die Nordseite der Erde und aller anderen Objekte. Dann rotiert das gesamte All rechts herum. Die Galaxien rotieren links herum. Die Sonne rotiert wieder rechts herum. Dann rotiert die Erde wieder links herum. Und wie müsste dann der Mond rotieren?" Li platzt heraus: „Der müsste dann rechts herum rotieren." „Richtig, aber er tut es nicht. Er kann es nicht. Doch das haben wir euch ja schon erklärt. Er müsste auch schneller als die Erde rotieren und nicht nur einmal in knapp einem Monat, denn kleinere Objekte rotieren schneller als größere." Kos erläutert noch dass die Gravitationsfelder wie Zahnräder ineinander greifen. Das beweist, dass auch im Zentrum des Alls ein riesiger Massekörper rotiert und sein Gravitationsfeld bis zum Rand des Alls reicht, was das All zusammenhält. So ist auch das All scheibenförmig.

„Wenn ihr mal eine Galaxie seht, die rechts herum rotiert, liegt es daran, dass ihr sie quasi von unten, also ihrer Südseite, seht. Das Gravitationsfeld des Alls ist natürlich eine viel dickere Scheibe als eure Milchstraße."

„Am Anfang war für euch die Erde eine Scheibe. Dann war sie zwar rund, aber der Mittelpunkt des Alls. Danach habt ihr erkannt, dass ihr nur ein winziger Punkt im großen Weltraum seid. Dann soll das All aus einem winzigen Nichts entstanden sein. Nach eurer Vorstellung ist es ein Trichter. Wann begreift ihr, dass vom Atom über das Sonnensystem und die Galaxien bis zum All alles scheibenförmig ist? Alles funktioniert nach dem gleichen Prinzip: Gravitation – Fliehkraft. Die Gravitationsfelder der Objekte bilden ein ‚Netz' im gesamten Raum. Alles ist in Rotation. Auf der Erde zum Beispiel kommt es einem nur so vor, als würde ein Gegenstand ruhen, aber er rotiert doch mit der Erde. Selbst wenn du im Bett liegst und noch so viel Masse hast, ruht deine Masse nicht. Im ganzen All gibt es keine ruhende Masse", ergänzt Uni.

Es ist an der Zeit, dass wir uns alle von Uni und Kos wieder in den Frostschlaf bringen lassen.

Ankunft auf unserem neuen Planeten

Wir sind wahrscheinlich bei unserem Bestimmungsplaneten angekommen, denn Kos und Uni haben uns wieder zum Leben erweckt. Die erfahrene Crew von Edre hat alles im Griff. Sie waren schon vor uns geweckt worden. Nun wollen wir uns erst einen Überblick von unserem neuen Zuhause verschaffen.

Die Mädels umkreisen die neue Erde. Es gibt Meere, große Landmassen mit üppiger Vegetation, Gebirge mit Gletschern und vereiste Pole. Die neue Erde ist aber etwas größer als unsere alte. Sie wird sich auch langsamer drehen, sodass die Tage länger sind. Wir entdecken drei Monde. Wenn nur zwei zur gleichen Zeit als Vollmonde am Himmel stehen, wird es ganz schön helle Nächte geben. Daran müssen wir uns erst einmal gewöhnen.

Wir bitten die Crew, auch an den weiteren Planeten vorbeizufliegen. Wer weiß, ob wir die Gelegenheit noch einmal haben werden. Es muss ja ausreichend Treibstoff auf dem neuen Planeten zu produzieren sein. Wir hoffen es – aber? Jetzt beenden wir unsere Erkundungen.

Dadurch, dass die, nennen wir sie Erde II, größer ist, ist sie auch weiter von ihrer Sonne entfernt. Damit ist es durchschnittlich kühler. Auch die Meridiane sind länger und weiter auseinander. Wir werden den Tag trotzdem in 24 Stunden teilen, wobei die Stunde länger ist. So sind auch der Tag und die Nacht länger. Das Jahr ist kürzer, da sie langsamer rotiert.

Da die Meridiane länger sind, wird auch der Meter länger. Aber wir bleiben bei unserem Meter. Da können wir unsere metrischen Geräte weiterhin verwenden.

Das Raumschiff setzt zur Landung an. Einen günstigen Platz haben wir von oben schon ausgemacht. Es ist eine große Lichtung in der Nähe eines Sees und einer Flussmündung in etwa 2000 m Höhe. Trinkwasser muss ja genügend vorhanden sein. Die Instrumente unseres Raumschiffs haben uns angezeigt, dass der Luftdruck in dieser Höhe unserem auf der Erde gleicht. Wenn der Planet größer ist, ist auch seine Lufthülle dicker und der Druck in Meereshöhe höher. Es wird einige Generationen dauern, bis sich unsere Nachkommen an die hiesigen Verhältnisse anpassen werden. Auch die Gravitation ist größer. Wir kommen uns ziemlich schwer vor.

Erst einmal beschließen wir, in unserem geparkten Raumschiff zu wohnen. Schließlich wissen wir noch nichts von unserer neuen Umgebung. Vielleicht gibt es ja auch schon Menschen oder ähnliche Lebewesen hier. So ist unser Raumschiff unsere sichere Burg. Es geht auch nicht so schnell, feste Behausungen zu bauen. Vielleicht ist das hier auch noch nicht der richtige Standort für eine Siedlung. In den nächsten Tagen werden wir uns in aller Ruhe umschauen.

Irgendwie haben wir den Eindruck, dass wir beobachtet werden. Plötzlich treten aus dem Dickicht ein paar kleine Gestalten. Es sind Kinder, deren Neugier stärker ist als ihre Angst. Sie kommen ganz langsam auf uns zu. Ich spreche sie als Erster an. Da weichen sie schüchtern zurück. Ein kleines Mädchen hat wohl den größten Mut. Sie nimmt meine Hand und zieht mich zu den anderen. Wir sollen mit ihnen kommen. Sie wollen uns vermutlich mit zu ihren Eltern nehmen. Ein klein wenig Vorsicht sollten wir wohl doch walten lassen. Noch wissen wir nicht, wie sie auf fremde Eindringlinge reagieren. Sind sie friedlich oder feindlich? Vorsichtshalber nehmen wir Gewehre mit. Man kann ja nie wissen.

In einer Waldlichtung stehen ein paar Hütten, wie wir sie von der Erde her kennen. Eine gut gebaute, ziemlich große Frau kommt uns entgegen. Eine Gruppe gleich statuierter Frauen bleibt im Hintergrund, scheinbar jederzeit bereit einzugreifen.

Li geht auf die erste Frau zu und streckt die Hand aus. Wie es aussieht, ist es ein friedfertiges Volk. Wir werden eingeladen, mit ihnen zu ihrem Dorfplatz zu kommen. Ihre Sprache verstehen wir natürlich noch nicht. Aber mit der Zeit werden wir uns schon verständigen können. Am schnellsten lernen sicher die Kinder unsere Sprache.

Scheinbar haben auch hier die Frauen das Sagen. Li und unsere Begleiterinnen von Edre sind ganz begeistert von ihren neuen Nachbarinnen. Mit Händen und Füßen und allerlei Gesten klappt die Verständigung recht gut. Ein Gegenbesuch zu unserem Raumschiff wird von den einheimischen Frauen gerne angenommen. Kinder und ihre Mütter und Großmütter staunen über die Größe und Ausstattung unserer „Fliegenden Untertasse". Die Scheu davor haben sie schnell abgelegt.

Aber wo sind die Männer? Sind sie auch so friedfertig wie ihre Frauen? Die Frage und ihre Beantwortung gestalten sich etwas schwierig. Dazu fehlen halt die Worte. Aber auch diese Frage ist schnell beantwortet. Die etwas kleineren Männer haben auch hier, wie es aussieht, nichts zu sagen. Sie kommen gerade von der Feldarbeit und wollen auch einen Blick ins Innere unserer Raumfähre werfen. Auch sie kommen ebenso nicht aus dem Staunen heraus.
Im All gibt es offensichtlich noch viel mehr Frauenplaneten?

Der erste Abend auf unserem neuen Planeten geht zu Ende. Die Ureinwohner gehen in ihr Dorf zurück und werden wie wir das Erlebte verarbeiten müssen. Li hat mit den anderen Frauen noch einiges zu besprechen. Wie sollen die nächsten Schritte aussehen? Wir müssen uns darum kümmern, wie wir uns in Zukunft ernähren. Was gibt es hier für Pflanzen, gibt es Tiere, und welche? Ist der Boden für unsere mitgebrachten Samen geeignet? Es gibt noch so viele ungelöste Fragen. Gleich morgen schauen wir auch mal, wie sich die Eingeborenen ernähren. Jetzt wird es aber Zeit, dass wir uns zur Ruhe begeben. Es liegen noch sooo viele Jahre vor uns.

Der nächste Tag beginnt mit herrlichem Sonnenschein. Doch man soll den Tag nicht vor dem Abend loben. Wir hatten vor unserer Landung noch zwei Satelliten abgesetzt. Einen fürs Wetter und der andere ist ein Nachrichtensatellit. Unsere Wetterfee sagt uns anhand der Daten am Abend ein Unwetter voraus. Wie schlimm es hier werden wird, wissen wir allerdings noch nicht.

Am Vorabend haben wir uns vorgenommen, das Wasser des Sees und des Flusses zu kontrollieren, ob wir es trinken können. Die ganze Frauenschar setzt sich in Bewegung. Ein paar Kinder unserer neuen Nachbarn wollen uns begleiten. Zuerst wandern wir zum See. Die Laborfrau nimmt eine Wasserprobe, die sie später im Labor der Raumstation untersuchen will. Eine Runde um den See ist schnell geschafft. Jetzt sind wir an der Stelle, wo der Fluss in den See mündet. Ein Stück flussaufwärts nehmen wir die zweite Probe. Die Kinder zeigen auf den Himmel. Es ziehen bedrohliche Wolken auf. Nun wird es Zeit, den Rückweg anzutreten. Gerade haben wir unsere „Festung" erreicht, da bricht ein furchtbarer Sturm los. Die Kinder sind mit uns ins Innere geflüchtet. Was mag mit ihren Eltern geschehen? Sie haben solche Unwetter sicher nicht das erste Mal erlebt. Li fragt: „Wo ist denn die kleine Nixe?" Das ist die süße Kleine, die mich zum Dorf geführt hat. Hat sie sich irgendwo im Raumschiff verirrt oder ist sie noch draußen? Die Kinder suchen in jedem Winkel, aber sie bleibt verschwunden. Mir bleibt nichts anderes übrig, als noch mal rauszugehen. Wir öffnen die Luke nur einen Spalt, doch der Sturm reißt sie ganz auf. Ich werde fast davongetragen. Irgendwo an einem Griff kann ich mich gerade so festhalten. „Ihr müsst mich mit einem Seil sichern", sage ich zu den Mädels. Als ich unter das Raumschiff schaue, sehe ich die kleine verängstigte Nixe hinter einer der Stützen. Ich robbe mich bis zu ihr vor und nehme sie in die Arme. Nun können die Mädels das Seil einholen. Wir sind in Sicherheit. Mit vereinten Kräften schließen wir die Luke. Alle sind froh, dass niemand zu Schaden gekommen ist.

Als wir alles gesichert haben, schauen wir dem Treiben von drinnen zu. Es ist schon heftig. So werden wir auf unserem neuen Planeten empfangen. Unsere „Festung" hält allem stand. Im Labor haben wir jetzt Zeit, die Wasserproben zu analysieren. Es ist hervorragendes Trinkwasser. Die Sorge haben wir schon mal weniger.

Die Kinder wollen auch so schöne Frisuren haben wie unsere Mädels. Da bleiben auch ein paar Haare im Kamm. Sie sind Material für eine Genanalyse. Es wäre doch interessant zu wissen, ob die Ureinwohner mit uns genetisch übereinstimmen.

Das Unwetter ist genauso schnell vorüber, wie es gekommen ist. Wir können uns wieder nach draußen wagen. Mit den Kindern schauen wir nach ihren Eltern. Sie führen uns einen Hang hinauf, wo eine Höhle ist, in der sich alle in Sicherheit gebracht haben. Die Sorgen, die sie sich um die Kinder gemacht haben, fallen ihnen wie Steine von den Herzen. Die Kinder erzählen ganz aufgeregt, dass sie bei uns sicher waren. Wir verstehen zwar noch kein einziges Wort, aber ihre Gesten verraten es.

Im Labor machen wir eine Genanalyse von den Kinderhaaren. Vom Ergebnis sind wir leider enttäuscht. Eine Vermischung mit den Einheimischen ist daraufhin nicht möglich. Wir werden nebeneinander bestehen müssen. Die Mädels sind nicht traurig darüber. Können sie doch mit den Junggesellen der Ureinwohner Sex ohne Folgen haben. Machen wir es doch so wie die Bonobos. Regeln wir mögliche Konflikte mit Sex.

Li erinnert in diesem Zusammenhang daran, dass wir uns nun bald um die Gründung unseres neuen Volkes kümmern sollten. Bis jetzt ist noch keines der Mädels schwanger. Li allerdings selbst auch noch nicht. Jetzt müssen zuerst einmal die Spermien aufgetaut werden, die wir von Erde und Edre mitgebracht haben. Li und ich werden gleich in der kommenden Nacht versuchen, für Nachwuchs zu sorgen. Die Mädels können ja nur befruchtet werden, wenn sie empfängnisbereit sind. Es sind zehn, mit Li elf Damen, die für einen Neustart sorgen. Bis wir für ein überlebensfähiges Volk genug Menschen sind, wird es noch Jahrzehnte dauern.

Eine größere Gruppe von einheimischen jungen Männern probt den Aufstand. Sie wollen die Herrschaft, oder besser die Frauschaft der Frauen nicht anerkennen. Unsere Mädels haben den anderen aber Karate gelehrt. Kurzerhand werden die Aufsässigen in ein Lager gesperrt, wo sie ohne Frauen aussterben müssen. Es sei denn, sie lassen sich sterilisieren und werden friedlich. Das bleibt aber der einzige Zwischenfall.

Es muss schließlich auch für genug Nahrungsmittel gesorgt werden, damit alle leben können. Wir nehmen Bodenproben, um die Fruchtbarkeit des Ackers zu untersuchen. Die Ergebnisse sind vielversprechend. Ja, es sieht sogar sehr gut aus. Unsere Mehrzweckmaschine kommt gleich zum Einsatz. Eine Fläche so groß wie ein Fußballfeld pflügen wir um und säen es mit Weizen ein. In ein gleiches Stück setzen wir Kartoffeln. Ich bin schon auf die Ernte gespannt. Die Mädels legen einen Garten mit Gemüse und Kräutern an. Alle sind fleißig im Einsatz. Die Zeit läuft nur so dahin. Es wird langsam dunkel. Ich rufe: „Mädels, macht endlich Feierabend. Morgen ist auch noch ein Tag." Beim Anflug hatten wir uns extra für die Sommerseite des Planeten entschieden, um gleich mit der Aussaat beginnen zu können. Wir wollten kein halbes Jahr verschenken.

Mit dem Bau einer Siedlung können wir noch warten, bis unsere Familie sich zur Großfamilie entwickelt und es in unserer jetzigen Behausung zu eng wird. Bis dahin sind es noch mindestens neun Monate.

Am nächsten Tag regnet es. Die Äcker werden gleich gut bewässert. Die Zeit nutzen wir für weitere Planungen. Die Flugdrachen, die wir von Edre mitgenommen haben, bauen wir zusammen. Der erste Erkundungsflug soll morgen stattfinden. Allerdings muss das Wetter trocken und ruhig sein. Zu viel Wind ist nicht wünschenswert.

Li und ich haben ja schon Erfahrung im Drachenfliegen. Das Wetter ist ideal für eine Exkursion. Mal sehen, ob irgendwo in der Landschaft noch andere Völkergruppen leben. Jedenfalls in unserer näheren Umgebung. Wie es auf der anderen Seite des Äquators aussieht, lässt sich mit unseren Drachen nicht erforschen. Da müssten wir unser Raumschiff noch einmal aktivieren. Doch das hat noch Zeit.

Der nächste Morgen ist für einen Flug geeignet. Li meint: „Bevor wir starten, sollten wir uns eine Startbahn präparieren. Wir wollen ja noch öfter zu Erkundungen aufbrechen." Einen geeigneten Hang haben wir schon ausgespäht. Die Mädels sind ganz fleißig bei der Sache. Doch es ist ein wenig spät, um noch in die Luft zu gehen. „Verschieben wir das Unternehmen lieber auf morgen", sage ich. „Aber ein Testflug ist noch möglich", wendet Li ein. Wir fliegen in ein herrliches Abendrot. Müde und glücklich fallen wir in einen erholsamen Schlaf.

Am anderen Morgen ist das Wetter immer noch günstig für unseren Ausflug. Die Startrampe erfüllt ihren Zweck zu unserer vollen Zufriedenheit. Wir starten in ein neues Abenteuer. Die Thermik hilft uns, schnell an Höhe zu gewinnen. Von unten schauen uns vor allem die Einheimischen zu. Das ist alles neu für sie. Am liebsten wären die Kinder gleich mitgeflogen, allerdings nicht alle. Ein paar haben doch etwas Angst, den sicheren Boden zu verlassen. Wir lassen die schon gewohnte Landschaft hinter uns. Der Großteil der Fläche ist mit unberührter Waldfläche bedeckt. Es sind aber andere Bäume als die, die wir kennen. Menschen sind nicht zu erkennen. Entweder leben hier keine weiteren als unsere Nachbarn. Oder sie haben sich versteckt. Ansiedlungen sind auch keine auszumachen.

Plötzlich ist der Antrieb zu meinem Propeller unterbrochen. Ich verliere an Höhe. Wenn wir jetzt notlanden müssen, sieht es schlecht aus. Weit und breit keine Lichtung. Li fragt über Funk: „Was ist los? Dein Propeller steht still und du verlierst an Höhe." „Ja, irgendwas stimmt mit der Übertragung nicht." „Was willst du machen?" „Ich weiß es noch nicht, auf keinen Fall hier landen. Das dürfte in den Baumwipfeln schwierig werden. Ich muss sehen, dass ich einen Aufwind finde. Da drüben über dem Bergmassiv müsste es möglich sein." Ich komme noch mit genügend Höhe hinüber. Hier kreist ein großer Vogel. Er ist fast so groß wie mein Drache, nur kein Doppeldecker. Wir können uns gegenseitig in die Augen sehen. Ich kann aufatmen, als er abdreht und mir quasi zeigt, wie ich von hier im Gleitflug wieder zurück zu unserem Lager komme. Selbst die Vögel scheinen hier hilfsbereit und friedlich zu sein. Allen fällt ein Stein vom Herzen, dass wir wieder wohlbehalten zurück sind. Den Drachen muss ich noch einmal genau unter die Lupe nehmen.

Aus der Luft haben wir nicht erkennen können, wo wir Material für den Bau von Gebäuden finden. Wir müssen uns mit einer Expedition zu Fuß auf die Suche begeben. Schön wäre es, wenn irgendwo Tuffstein zu finden wäre. Den kann man gut bearbeiten und er isoliert gut. Nur zu weit entfernt darf die Fundstelle auch nicht sein, damit der Transport möglich ist. Ich glaube, das wird die erste Wunde im Erdreich dieses Planeten sein, die wir ihm zufügen.

Unsere Mädels und einige von den Nachbarinnen möchten das Fliegen auch gerne lernen. Es setzt ein emsiges Treiben an der Startbahn ein. Li hat die Ausbildung übernommen. Die Damen stellen sich gar nicht ungeschickt an. Die eingeborenen Frauen können auch einen Flug zum Meer unternehmen, da sie die Druckverhältnisse des Planeten gewohnt sind. Doch damit haben wir noch Zeit.

Wir sind erst gut eine Woche hier und haben schon so viel geschafft. Heute gehen Li und ich mit drei der Mädels höher in den Berg, vor dem wir lagern. Er sieht aus wie ein ehemaliger

Vulkan. Da sollte sich Tuffstein finden lassen. Wie vermutet stoßen wir auf eine Abbruchkante und werden fündig. Wie wir uns auch freuen, das Problem wird sein, wie wir das Material befördern sollen. Hier hat noch niemand Straßen gebaut. Also heißt es, uns einen Weg durch das Gelände zu bahnen. Es wird ein größeres Unterfangen. Zu diesem Zweck werden die Mädels versuchen, die Einheimischen vom Vorteil fester Häuser zu überzeugen.

Die Kinder verstehen schon einige Worte unserer Sprache. Sie werden als Dolmetscher fungieren. Also gehen wir zu den Erwachsenen in die Siedlung. Wie es immer ist, wenn man etwas Neues erreichen möchte, man stößt erst einmal auf Skepsis und Ablehnung. Die Jugend ist aufgeschlossener und steht uns zur Seite. Sie sehen eher die Vorteile einer festen Bauweise. Nach langem Hin und Her bekommen wir noch unsere Unterstützung.

Es kann an den Bau eines Weges vom Steinbruch hierher begonnen werden. Die Männer planen mit mir die Wegführung. Er muss in Serpentinen angelegt werden. Jetzt kommt unsere Allzweckmaschine zum Einsatz. So ein Ungetüm haben unsere Helfer noch nicht gesehen. Sie staunen allein über die Räder. Wir haben sie von Edre mitgebracht. Das Rad haben sie hier noch nicht erfunden. Überhaupt leben sie noch fast in der Steinzeit. Es wird für sie ein Riesenschritt in die Moderne, wenn sie sich bei uns integrieren wollen. Sie werden es schon schaffen, ihnen bleibt auch nichts anderes übrig.

Einige beginnen schon mit dem Abbau des Tuffsteins, während wir die Straße bauen. Für den Abtransport brauchen wir einige Wagen. Unsere Zimmermännin ist jetzt gefragt. Sie und einige Frauen und Männer unserer Nachbarn helfen ihr ganz begeistert. Sie sind alle sehr neugierig und wissbegierig. Das Holz hatten unsere Nachbarn bereits für den Bau ihrer Hütten geschlagen. Sie opfern es gern, mit der Aussicht, auch feste Häuser zu bauen. So kommen wir schnell zu unseren Transportwagen. Die ersten Steine sind nun schnell auf der Baustelle. Unsere Architektin hat ihre Pläne schon fertig. Wir können mit dem Ausschachten beginnen. Morgen wird der Grundstein gelegt. Zuerst ist das Krankenhaus mit Kreißsaal geplant. In 9 Monaten werden wir ihn brauchen. Aber auch von unseren Nachbarinnen sind einige schwanger.

Mit dem Krankenhaus ist es aber noch nicht getan. Wenn die ersten Babys kommen, wird es langsam eng im Raumschiff. Wir brauchen auch Häuser für die ersten kleinen Familien. Li ist das unumstrittene Oberhaupt der Gemeinschaft. Sie ist voll und ganz mit den Planungen beschäftigt, da ist zurzeit an eigenen Nachwuchs nicht zu denken. Sie bezieht unsere Nachbarn in ihre Überlegungen mit ein. Die Führerin der Gruppe ist ihr aber gleichgestellt. Wir wollen, dass alle zu einer homogenen, friedlichen Gesellschaft zusammenwachsen, um das Bestehen der Menschheit zu gewährleisten.

Kos und Uni haben uns derart aufgeklärt, dass wir von der Natur und ihren Gesetzen so viel wissen, dass Mythen und Hirngespinste keinen Nährboden finden. Die Natur ist unser Gott. Also ist Gott weiblich. Die Natur ist eine Göttin. Wir brauchen keine Religion, um die Mitmenschen zu manipulieren. Wir setzen vielmehr auf Vernunft und Einsicht. Religionen haben auf der Erde nur Unheil gebracht. Jede wollte die alleinig Richtige sein. Es wurden Kriege geführt, Menschen verbrannt und erschlagen, wenn sie anders dachten. In Diktaturen war es genauso.

Der Klerus und die ganze Priesterschaft waren Schmarotzer, die für dummes Geschwafel ein sorgloses und prächtiges Leben führten. Seelsorge nannten sie die Manipulation in ihrem Sinne und zu ihrem Vorteil. Die Kinder wurden quasi katholisch, evangelisch, moslemisch oder sonst wie geboren. Ein Säugling kann noch nicht entscheiden, ob er getauft werden will. Viele Seelen haben sie brutal misshandelt und zerstört. In den anderen Religionen ist es auch nicht anders. Und deswegen werden wir alles tun, um die Bildung von Religionen zu vermeiden. Auch Parteien wollen wir nicht. Bei uns soll keiner übervorteilt werden.

Für Schmarotzer ist in unserer Gesellschaft kein Platz. Jeder soll eine sinnvolle Aufgabe erfüllen.

Aber wenn die Gesellschaft einmal sehr gewachsen ist, wird es nötig werden, ein paar Regeln zu erlassen, nach denen sich jeder richten muss. Anders ist ein Zusammenleben vieler nicht möglich. So etwa wie die 10 Gebote des Moses. Das erste bekannte Grundgesetz für ein gesellschaftliches Miteinander. Moses war nur ein Mensch wie alle anderen. Sein Volk wollte nicht auf ihn hören. Um zu vermeiden, dass sie sich gegenseitig umbrachten, brauchte er einen unbekannten Dritten. Einen Gott, der ihm zur Seite stand. Zu Moses Zeiten war das Wissen um die Zusammenhänge im All noch lange nicht bekannt.

Die beiden ersten Gebote haben wir dementsprechend geändert. Sie lauten:

1. Du sollst die Natur achten und schützen.
2. Du sollst die Umwelt schonen.

Alle weiteren Gebote kann man genauso übernehmen, wie sie verfasst wurden.

Das Weihnachts- und das Osterfest werden wir weiter feiern. Sie gehen ja auf die Wintersonnenwende und das Frühjahrsfest zurück. Wobei es interessant ist, dass Jesus stets am gleichen Tag geboren, aber immer an einem anderen gestorben sein soll.

Die Arbeiten an unserer Baustelle gehen gut voran. In ein paar Tagen können wir Richtfest feiern. Das Dach decken wir dann mit Schindeln. Der Innenausbau wird noch einige Wochen dauern. Aufs Dach kommt eine Solaranlage, die wir von Edre mitgebracht haben. Auch unsere Windturbine liefert Strom. Noch speichern wir überschüssigen Strom in den Batterien des Raumschiffs. Außerdem erzeugen wir Energie in Form von Wasserstoff, den wir zum Beispiel zum Brennen von Kalk und Zement einsetzen.

Li und ich finden endlich Zeit für die Familienplanung. Sie meint: „Ich glaube, ich werde sonst zu alt für eigenen Nachwuchs." „Du bist gerade einmal 25." „Und 125 Lichtjahre." Wir lachen und gehen schlafen. Morgen wollen wir noch mal mit den Drachen zu einem Erkundungsflug aufbrechen. Diesmal habe ich alles drei Mal gecheckt. Wir haben vor, zum Meer hinunter zu fliegen. Mal schauen, ob wir den höheren Luftdruck vertragen können.

Die Bedingungen sind gut. Laut unserer Wetterfee soll es auch die nächsten Tage noch so bleiben. Alle winken uns zum Abschied und wünschen uns Hals- und Beinbruch. Hoffentlich tritt es nicht ein. Die Propeller laufen sauber und gleichmäßig. Wir kommen gut voran. Unser Freund, der große Vogel, begleitet uns. Es geht langsam tiefer. Der Luftdruck steigt. Wir bekommen Kopfschmerzen. „Es ist wohl besser, wir steigen wieder höher", spreche ich in mein Funkgerät. Aber ich bekomme keine Antwort. „Li, was ist los?" Ich umkreise ihren Drachen und sehe, dass sie um Luft ringt. Unser gefiederter Freund fliegt unter Lis Drachen und hebt ihn langsam an. Sie kommt zu sich und kann nun den Drachen wieder selbst fliegen. Wir haben allen Grund, uns bei unserem Freund abermals zu bedanken. Vor ihm brauchen wir keine Angst haben. Er ernährt sich von Fischen aus dem Meer.

Es hat also keinen Zweck, noch einmal zu versuchen, zum Meer hinunter zu fliegen. Wir werden uns wohl über Generationen, Schritt für Schritt, akklimatisieren müssen.

Das Krankenhaus geht seiner Vollendung entgegen. Die ersten Apparaturen bringen wir zusammen mit den Nachbarmännern aus dem Raumschiff in die vorgesehenen Räume. Ab jetzt werden wir Wohnhäuser bauen. Unsere Nachbarn haben sich schon einige Häuser nach den Plänen unserer Architektin gebaut. Sie sind ganz stolz auf ihre Arbeit. Der Sturm wird diese Gebäude nun nicht mehr so schnell zerstören können. Sie helfen uns aber auch fleißig beim Bau unserer Häuser. Als nächstes ist ein Gemeindehaus mit integriertem Rathaus geplant. Da können wir eine schlanke Verwaltung aufbauen. Die Bürokratie soll so klein wie möglich sein. Doch ganz ohne geht es leider auch nicht. Für ein funktionierendes Gemeinwesen muss man doch eine gewisse Übersicht haben. Ein großer Saal zum Feiern soll auch vorhanden sein. Das Rathaus bekommt einen Turm mit Glockenspiel. Einige Heimatklänge brauchen wir nun doch.

Einige Monate sind vergangen. Es ist schon ein richtiges kleines Dorf entstanden. Unsere Nachbarn haben sich sehr gut mit uns eingelebt. Einige einheimische Frauen und ein paar unserer Mädels haben im neuen Kreißsaal ihre Babys zur Welt gebracht. Unser kleines Volk beginnt zu wachsen. Und wir wachsen langsam aus dem Raumschiff heraus.

Unser neues Krankenhaus wird immer mehr gebraucht. Die Kinder haben beim Fußballspielen, das wir ihnen inzwischen beigebracht haben, so manche Blessur bekommen. Im Steinbruch hat sich einer der Arbeiter ein Bein gebrochen. Auf dem Transportweg ist ein Wagen mit Steinen umgekippt und hat zwei Männer fast unter sich begraben. Zum Glück konnten unsere Ärztinnen sie professionell behandeln. Sie sind wieder auf dem Weg der Besserung. Die Frauen sind uns für unsere Hilfe sehr dankbar.

Li hat nun auch ihr erstes Baby bekommen. Es ist ein Junge. Mutter und Kind sind wohlauf. Wir sind jetzt stolze Eltern. Ich fahre mit meinem Sohn im Kinderwagen im Dorf spazieren. Am Spielplatz treffe ich mich mit den Müttern der anderen Kinder. Sie geben mir wertvolle Tipps, die ich Li weitergeben soll.

Vom Meer sind ein paar Ureinwohner heraufgekommen, um zu sehen, was hier oben vor sich geht. Unsere Drachen haben uns und unseren Standort verraten. Sie vertragen besser die dünne Luft hier oben als wir den hohen Druck auf Meereshöhe. Die Verständigung mit unseren Nachbarn klappt aber doch nicht so einfach. Sie haben schon so lange keinen Kontakt miteinander gehabt. Die Neuankömmlinge staunen zuerst über unser Raumschiff, aber auch über das neu entstandene Dorf. Da es schon nach Sonnenuntergang geworden ist, müssen sie hier oben bei uns übernachten. Ein Hotel gibt es zwar noch nicht, dafür können wir unser Gemeindehaus zur Verfügung stellen. Es sind ein paar Gästezimmer bereits eingerichtet. Unsere Gäste kommen aus dem Staunen nicht heraus. Fließendes Wasser aus einem Wasserhahn ist schon sehr mystisch.

Beim Frühstück am nächsten Morgen werden die Eindrücke von gestern rege ausgetauscht. Unsere Einheimischen sind ja schon in die Neuerungen hineingewachsen. Vor allem die Jugend möchte nicht mehr zurück in die Zeit vor unserer Ankunft.

Im Gemeindesaal hängt ein großer Flachbildschirm. Von dem sind die Kids nicht zu trennen, wenn wir ihnen Märchenfilme von der Erde zeigen. Sie sind auch fasziniert von Dokus und Tierfilmen. Es sind doch ganz andere Tiere als hier. Krimis haben wir absichtlich gar nicht erst mitgenommen, um hier keine Gewalt zu zeigen. Man weiß nie, wie sich das auf eine sonst friedfertige Gesellschaft auswirkt. Filme können auch informativ eingesetzt werden. Eine Schule für die vorhandenen Kinder haben wir bereits eingerichtet. Unsere Mädels sind hervorragende Pädagoginnen. Sie haben das Talent, die Jugend zu begeistern. Bis unser Nachwuchs so weit ist, dauert es noch 5–6 Jahre.

Mittlerweile sind einige Monate ins Land gegangen. Es wird Herbst und die Kartoffeln und das Getreide sind reif. Auch in den Gärten muss geerntet werden. Eine Mühle zum Mahlen des Getreides ist bereits gebaut. Nun geht es ans Einmachen. Dosen und Gläser haben wir mitgebracht. Die Kartoffeln kommen in die Keller der Häuser. Das Mehl verteilen die Bäuerinnen. So kommen wir sicher gut durch den Winter.

Am Morgen sind schon alle früh auf den Beinen. Heute haben Li und ihre Stellvertreterin aus dem Volk der Einheimischen ins Rathaus geladen. Es geht um die weitere Gestaltung unseres Zusammenlebens. Li erklärt, wie Demokratie funktioniert. Das Prinzip der Einstimmigkeit ist Diktatur einzelner Querköpfe. Das wollen wir auf gar keinen Fall. Bei uns reicht die einfache Mehrheit, um etwas zu beschließen. Personenkult soll es nie geben. Es sind alle Frauen gleich. (Auch die Männer, alle Menschen auf Erde II.) Von den Frauen weiß nur Li als Einzige, wie chaotisch es auf der Erde war. Nach dem Motto: Alle denken nur an sich, nur ich, ich denk an mich.

Jetzt geht es um das weitere Vorgehen in der Gesellschaft. Das Matriarchat soll die verbindliche Form sein. Um das zu gewährleisten, werden einige Knaben in der Pubertät sterilisiert. Auf Edre wurden sie anfangs zu Eunuchen gemacht. Das hatte aber den Nachteil, dass sie verweiblichten. Sie bekamen Frauenstimmen. Es sollen maximal 25 % geschlechtsreife Männer großgezogen werden. Li sagt: „Wir Frauen wollen uns die Macht im Staate nicht aus der Hand nehmen lassen. Wir wollen eine friedliche Gesellschaft aufbauen. Wir sind die, die das Leben hervorbringen, dann wollen wir es auch gestalten." Sie bekommt tosenden Applaus. „Wir wollen Nächstenliebe praktizieren, ganz im Sinne von Jesus. Leider waren die Menschen auf der Erde nicht fähig, seine Vorstellungen umzusetzen. Statt Nächstenliebe entwickelte die Kirche daraus Nächstenhiebe. Auch Teufel und Fegefeuer waren Erfindungen, um die Menschen einzuschüchtern. Und willst du nicht mein Bruder sein, so schlag ich dir den Schädel ein. Auch die Kinder hat man mit Nächstenhiebe zu erziehen versucht. Das soll uns nicht passieren", erläutert Li weiter. Die Idee des Kommunismus war auch eine tolle Vorstellung. Nur die Umsetzung wurde durch Macht, Gier, Besitzansprüche und menschliches Unvermögen mit einem negativen

Image versehen. Unsere Lebensweise entspricht voll den Ideen von Marx und Engels. Der Planet gehört allen. Keinem gehört Grund und Boden. Wenn jemand etwas braucht, steht ihm alles zur Verfügung, solange genug da ist. Wenn etwas knapp ist, wird ehrlich geteilt. Die Wertschätzung des Einzelnen ist das höchste Gut. Unsere Erziehung läuft darauf hinaus, dass die Kinder friedlich und bescheiden, aber trotzdem selbstbewusst aufwachsen. Wenn die Erwachsenen das vorleben, geht es ihnen in Fleisch und Blut über.

An einem stürmischen Morgen werde ich ganz früh wach. Ich weiß erst gar nicht, wo ich bin. Mir ist so merkwürdig. Mein Gefühl sagt mir, dass etwas mit mir nicht stimmt. Alle Knochen tun mir weh. Im Nachbarbett vernehme ich ein leises Wimmern. „Li, was ist mit dir?" Sie gibt keine Antwort. Mit uns stimmt was nicht. Mühsam wälze ich mich aus dem Bett. Es muss ganz schnell die Ärztin her. Zum Glück ist das Telefonnetz im Dorf in Funktion. Ich rufe im Krankenhaus an: „Doktorin, komme ganz schnell. Uns geht es nicht gut. Li ist nicht ansprechbar." „Bleib ganz ruhig. Ich komme sofort."

Es dauert auch nicht lange. Die Wege sind hier ja noch kurz. Ich schleppe mich zur Haustür. „Gut, dass du so schnell kommst. Schau erst nach Li. Sie braucht dich dringender als ich."
　　Sie untersucht Li gründlich. „Wir machen eine Blutabnahme und analysieren sie erst einmal." „Hast du schon eine Ahnung, was es sein könnte?" „Es ist nur eine Vermutung. Aber wie es aussieht, kann es ein Virus sein, den wir nicht kennen. Sie haben sich auf jedem Planeten anders entwickelt. Wir wollen hoffen, dass nicht alle davon betroffen werden. Unsere Gene von Edre schützen uns vielleicht." „Das wäre ja gut", meine ich. Die Ärztin nimmt mich gleich mit.

Mit 80 People ist unser Dorf ein stattlicher Ort geworden. Einige Zuwanderer aus anderen Regionen haben sich dazugesellt. Unsere Technologien wurden auch schon teilweise in anderen

Gegenden übernommen. Steinhäuser sind die beliebtesten Bauten. Unserem neuen Planeten müssen wir leider auch ein paar Wunden zufügen. Ganz ohne Bergbau geht es nicht. Wir brauchen einige Bodenschätze, wie Kupfer für Elektrokabel, Ton zum Töpfern, Kalk, Eisenerz und vieles mehr. Aber nur so viel, wie wir unbedingt brauchen. Da wir noch keine Milliarden sind, wie damals auf der Erde, besteht die Gefahr auch nicht.

Die Ureinwohner helfen uns mit Begeisterung, so gut sie können. Sie möchten am langsam wachsenden Wohlstand teilhaben.

Im Krankenhaus sind die Blutproben ausgewertet. „Es handelt sich tatsächlich um ein uns unbekanntes Virus", sagt die Ärztin. „Wir von Edre und die Einheimischen sind dagegen nicht empfänglich. Aber Li und dich müssen wir dagegen immunisieren. Hoffentlich schaffen wir es schnell, damit ihr nichts zurückbehaltet. Vor allem Li. Bei dir habe ich keine großen Bedenken. Du wirst in ein paar Tagen wieder fit sein." Ich muss aber noch einige Tage zur Kontrolle dableiben. Es ist mir schon recht, bin ich doch in Lis Nähe.

Unser Sohn ist zum Glück mit seinem Sportverein bei einem Turnier. Sie sind im Sportzentrum. Er ist in seinen jungen Jahren schon ein toller Turner. So ist er dem Virus aus dem Weg gegangen.

Das Leben im Dorf geht seinen gewohnten Gang. Ein Kindergarten muss gebaut werden. Einige Frauen der Einheimischen wollen die Betreuung des Nachwuchses übernehmen. Eine spezielle Ausbildung brauchen sie nicht. Sie wissen instinktiv, worauf es ankommt. Haben sie doch auch ihre Kinder zu friedlichen Menschen erzogen. Wir wollen sie sowieso voll in die Gesellschaft integrieren. Dazu gehört natürlich vollkommenes Vertrauen.

Ich bin schon wieder zu Hause und arbeite an einer neuen Windanlage. Die Ärztin ruft an: „Li hat einen Rückfall erlitten. Wir mussten sie in ein künstliches Koma versetzen." Das hat uns gerade noch gefehlt. Ich bin ganz verzweifelt und hoffe inständig, dass sie es schafft, und mache mich gleich auf den Weg zu ihr, obwohl ich weiß, dass ich nicht helfen kann. Vielleicht kann ihr aber meine Nähe guttun. Ich bleibe über Nacht.

Am nächsten Morgen weckt mich eine Krankenschwester. Lis Zustand hat sich leider noch nicht gebessert. Die Ärztin sagt: „Wir müssen weiter abwarten. Aber wir haben von den Einheimischen ein Medikament bekommen, das auch sie gegen das Virus einnehmen. Es ist unsere letzte Hoffnung." Sie schickt mich nach Hause zu unserem Sohn. Er braucht mich. Ich muss ihm schweren Herzens die Wahrheit über den Zustand seiner Mutter erklären. Ich hatte gehofft, dass Li vorher wieder gesund würde, bevor ich ihm das sagen müsste. Er ist so tapfer und tröstet stattdessen mich. „Mama ist stark. Sie wird es schon schaffen."

Die Tage wollen nicht vergehen. Ständig warte ich auf den erlösenden Anruf. „Li ist aufgewacht und auf dem Weg der Besserung." Und tatsächlich, genau diese Worte sagt die Ärztin. Wir springen vor lauter Glück aus dem Haus, rennen gemeinsam zum Krankenhaus. Li liegt zwar noch ermattet im Bett, aber wir drei sind glücklich wie seit Langem nicht mehr. Hoffentlich darf sie bald wieder nach Hause. Es wird sicher noch eine Zeit brauchen, bis sie ihre Amtsgeschäfte voll erledigen kann. Doch hat sie in ihrer Stellvertreterin eine gute Stütze. Die zwei sind ein eingespieltes Team.

Auf unserem Fluggelände herrscht Hochbetrieb. Alle wollen fliegen lernen. Vor allem unsere Einheimischen wollen zu ihren Verwandten runter ans Meer. Sie möchten auch im Meer schwimmen. Wir hatten ihnen Filme vom Surfen gezeigt. Jetzt wollen sie es auch versuchen. Für uns von der Erde ist es immer noch nicht möglich, uns hinunterzuwagen. Naja, wir haben hier den See. Unsere Schreinerin hat uns nach meinen Zeichnungen ein Segelboot gebaut. Damit sind wir nun ganz glücklich. Einen Badestrand hat unser See auch. Ich bringe den Kindern nach der Methode meines Vaters das Schwimmen bei. Jeder, der es wieder einmal geschafft hat, ist voller Stolz.

10 Jahre später

Unser Dorf hat eine stattliche Größe erreicht. Die Kinderzahl ist stark gestiegen. Li und ich haben uns auch stattlich vermehrt. Wir haben jetzt fünf Kinder, zwei Jungs und drei Mädchen. Sie gehen gerne zur Schule und lernen mit Begeisterung. Später wollen alle Astronauten werden und wie wir durch den Weltraum fliegen. Träumen ist erlaubt. Und wenn es zum Lernen anspornt, noch mal so sehr.

Ein Klärwerk ist auch vonnöten. Straßen zu den einzelnen Produktionsstätten und Bergwerken sind gebaut. Unsere gespeicherten Daten von der Erde und von Edre kommen uns jetzt zugute. Wir fangen nicht wieder bei Null an. Das ist ein riesiger Vorteil.

Li und die anderen Frauen haben einen Gemeinderat gebildet. Sie treffen nicht alle Entscheidungen einstimmig. Doch es geht demokratisch zu. Wenn die Mehrheit für eine Maßnahme ist, sind die restlichen auch damit zufrieden.

Ein kleines Mädchen ist beim Klettern von einem Baum gefallen. Sie liegt regungslos da. Ihr linkes Beinchen ist ganz verdreht. Einige Spielkameradinnen laufen so schnell sie können zum Krankenhaus. Schon von Weitem schreien sie aus Leibeskräften nach der Ärztin. Unser Krankenwagen, natürlich mit E-Antrieb, rast zu der Kletterstation. Schnell versorgt die Ärztin die Kleine und lässt sie in die Klinik fahren. Das Beinchen ist leider gebrochen und muss geschient werden. Alle Spielgefährtinnen stehen um sie herum und wünschen ihr gute Besserung. Die Arbeit, die wir in unser Krankenhaus investiert haben, hat sich schon jetzt ausgezahlt.

Geld brauchen wir nicht. Es gibt keine Einzige, die unbedingt mehr haben will, als sie wirklich braucht. Alles wird ehrlich geteilt. Jede arbeitet nach ihren Fähigkeiten, so gut sie kann. Und alle akzeptieren das. So ist das friedliche Zusammenleben nur möglich.

Unsere Zweitjüngste ist wohl mit Genen aus einer früheren Generation belastet. Von wessen Seite, wissen wir nicht, ob von meiner oder Lis Familie? Wir können ja niemanden mehr fragen. Sie ist leider zänkisch und aggressiv. Eigenschaften, die die Frauen überhaupt nicht schätzen. Sie schlägt die anderen Kinder im Kindergarten und will mit ihnen zanken. Das können wir natürlich nicht dulden. Aber was machen wir mit ihr? Sie wird von einer alten, kinderlosen, einheimischen Frau unter ihre Fittiche genommen. Leider muss sie isoliert aufwachsen. Entweder kann sie sich so ändern, dass sie wieder in die Gemeinschaft aufgenommen werden kann, oder sie muss bis an ihr Lebensende ausgeschlossen bleiben. Auf alle Fälle darf sie keine Kinder bekommen, denen sie ihren Charakter vererben kann. Sie wird von der Ärztin sterilisiert, sobald sie geschlechtsreif ist.

20 Jahre später

Wir können uns schon Volk nennen. Mit 500 Einwohnern ist unser Dorf ganz schön gewachsen.

Es gibt Sportvereine, Chöre, Tanzgruppen, für die Jugend eine Disco, ein Theater, ein Orchester, eben eine Menge sportliche und kulturelle Möglichkeiten. Ein Sportplatz, eine Turnhalle haben wir auch gebaut. Kulturelle Veranstaltungen finden ebenfalls im Saal des Rathauses statt. Die Kinder haben einen Riesenspaß bei allem, was sie machen.

Unser Ältester leitet den Fußballverein. Es gibt eine Mann- und eine Frauschaft. Die Frauschaft ist allerdings die bessere. Der Frauenfußball ist geschmeidiger und eleganter. Es geht aber nicht so sehr ums Gewinnen, sondern mehr um den Spaß.

Aus den Kindern sind Leute geworden. Die nächste Generation ist herangewachsen und bekommt auch schon wieder Nachwuchs. Nun sind Li und ihre Mädels Großmütter. Langsam wird das Dorf zu klein. Ein paar Kilometer weiter bauen einige „Auswanderer" ein neues Dorf. Zu größeren Städten wollen die Frauen sie noch nicht anwachsen lassen. Dann wird es mit dem Umland für die Landwirtschaft problematisch.

In den letzten 20 Jahren ist es auf unserem Planeten friedlich geblieben. Wir wollen hoffen, es bleibt auch so. Da die Frauen das Sagen haben und sie es sich erhalten, ist nicht zu befürchten, dass sich daran etwas ändert. Da sie das Leben hervorbringen, sind sie auch darauf bedacht, es zu erhalten.

Ich fühle mich von meiner Frau vernachlässigt. Vor lauter Regieren hat sie kaum noch Zeit für ihre Familie. Das kennen wir doch irgendwo her? Nur waren es nicht meist die Väter? Die Kinder beschweren sich auch schon. „Li, wir haben schon lange nichts mehr mit den Kindern unternommen. Du solltest einen Teil deiner Arbeit an die Jüngeren delegieren." „Ihr habt ja Recht. Ab morgen werde ich meine Assistentin in einige Abläufe einweihen. Wir müssen uns auf mehr Gemeinsamkeit besinnen, sonst läuft uns das Leben davon und wir können nichts zurückholen."

„Morgen muss ich aber noch den Bau einer Straße zum Nachbardorf in die Wege leiten. Und die Rennfahrerinnen wollen eine Rennstrecke gebaut haben." Unsere Jugend ist sehr sportlich. Sie wollen doch ihre selbstgebauten Muskelkraftautos testen. In der Datenbank unseres Raumschiffs haben sie die Baupläne gefunden. Diese Datenbank ist für sie sehr interessant und wird ausgiebig genutzt. Warum sollen sie alles noch einmal neu erfinden, wenn ihre Vorfahren von Erde und Edre ihnen ihr Wissen hinterlassen haben.

Bis der Planet weiter besiedelt wird, dauert es bestimmt noch ein paar Jahrhunderte. Wir werden es nicht mehr erleben. Unsere Kinder und viele weitere Generationen auch noch nicht. Ob die Menschen es vermeiden können, dass die neue Erde nicht wieder überbevölkert wird? Können die Frauen das Matriarchat erhalten? Eigentlich sind die Voraussetzungen gut.

40 Jahre später

Die Bevölkerung wächst kontinuierlich. Es ist eine größere Zahl neuer Gemeinden entstanden. Neue Straßen müssen gebaut werden. Die Frauen der ersten Generation haben viel auf den Weg gebracht. Jetzt sind schon die Jüngeren an der Reihe und müssen sich beweisen. Auch am Meer entstehen neue Siedlungen. Die ersten Schiffe sind gebaut, um weiter entfernte Gegenden zu erkunden und evtl. zu besiedeln. Noch hat der Planet unendliche Weiten. Die Forscherinnen können noch so viel entdecken.

Li und ich sind auch nicht jünger geworden und denken oft an die Abenteuer zurück, die wir miteinander erlebt haben. Nun sind wir Mitte 60. Es wird Zeit, in den Ruhestand zu gehen. Wenn wir gemütlich mit den Kindern im Garten sitzen, erzählen wir, wie alle Großeltern, von unserer Flucht von der Erde, dem Aufenthalt auf Edre und dass die meisten ihrer Großmütter dort herstammen.

Ich sage zu Li: „Ich möchte gerne einmal wissen, wie es jetzt auf der Erde aussieht." „Ja das würde mich auch sehr interessieren." „Ob unser Raumschiff noch funktionsfähig ist?" „Vielleicht würde uns ja eines unserer Kinder begleiten?" „Wir fragen sie einfach mal."
Bei nächster Gelegenheit fragen wir unseren ältesten Sohn und die jüngste Tochter, ob sie Lust hätten, uns zu begleiten. Da haben wir aber ins Schwarze getroffen. Sie sind Feuer und Flamme.

Am nächsten Tag beginnen sie schon mit den Vorbereitungen. Das Raumschiff wird durchgecheckt. Es ist noch voll funktionsfähig. Allerdings müssen ein paar Vorräte aufgefüllt werden. Treibstoff müssen wir noch produzieren. Es hat ja keiner mit unserem Vorhaben gerechnet. Nicht einmal wir selbst. Die Idee war viel zu spontan.

Rückkehr zur Erde

Es dauert 14 Tage, bis alles startklar ist. Der Abschied fällt genauso schwer wie damals von der Erde. Vielleicht verleben wir unsere letzten Jahre dort und kehren nicht mehr zurück. Dann müssen die Kinder allein die Rückreise antreten.

Der Start funktioniert fabelhaft. Im Orbit treffen wir wieder auf Kos und Uni. Sie haben eine Unmenge Fragen, wie es uns ergangen ist und ob wir unsere Pläne verwirklicht haben. Unsere Kinder schildern ihnen, wie das Leben auf dem neuen Planeten abläuft.

Wir haben aber auch noch eine Frage an sie, die uns beschäftigt. „Warum können wir mit unseren Teleskopen nicht das Zentrum des Alls sehen? Und auch nicht seinen Rand?", wollen die Kinder und natürlich auch wir wissen.

Uni erklärt uns: „Das All ist viel älter und größer, als ihr denkt und berechnet habt. Ihr könnt nur einen sehr kleinen Umkreis sehen. Alle Galaxien in diesem Kreis haben so ziemlich das gleiche Alter. Den frühen Materiestaub könnt ihr gar nicht entdecken. In der Richtung würde sich das Zentrum des Alls befinden."

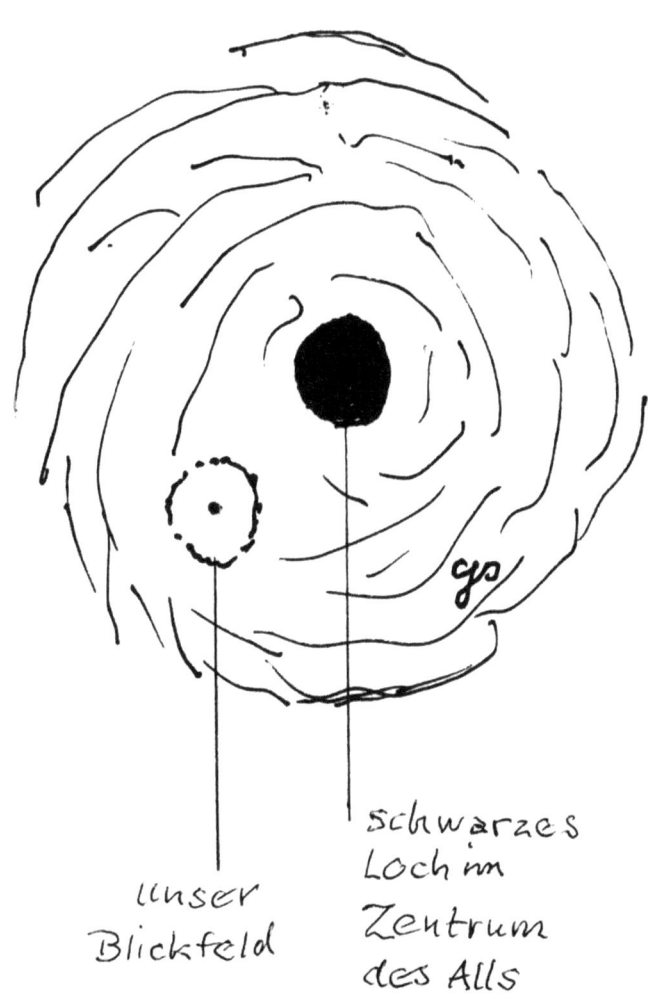

unser
Blickfeld

schwarzes
Loch im
Zentrum
des Alls

Wir feiern noch ein wenig Wiedersehen, bevor es auf zur Erde geht und Uni und Kos uns in den nötigen Gefrierschlaf versetzen.

Von dem Flug durch die Galaxie haben wir gar nichts mitbekommen. Als Uni und Kos uns wieder erwecken, sind wir schon auf dem Anflug zur Erde. Erst umkreisen wir sie ein paar Mal. Sie hat von ihrer Schönheit von hier oben nichts verloren. So sind wir sehr gespannt, wie wir sie unten vorfinden werden.

Einen geeigneten Landeplatz finden wir in der Nähe des Baikalsees. Er ist wieder randvoll. Irkutsk scheint bewohnt zu sein. Was aber auffällt, es sind überwiegend Frauen auf den Straßen. Sollte die Erde auch zu einem Frauenplaneten geworden sein?

Wir sind neugierig geworden. Ob wir uns mit ihnen verständigen können? Englisch und auch Russisch haben wir noch nicht verlernt. Versuchen wir es einfach mal. Uns begegnen ein paar junge Frauen. Li spricht sie auf Russisch an. Sie sprechen zwar ein etwas anderes Russisch, doch wir können unsere Fragen stellen und bekommen auch verständliche Antworten. Natürlich wollen wir wissen, wie es nach unserem Verlassen der Erde weitergegangen ist. Wie wir sehen, sind nicht alle Menschen ausgestorben. Aber wie ging es mit so vielen Menschen auf der Erde weiter? Li fragt eine der Frauen: „Wir sind vor fast 300 Jahren zu einem anderen Planeten aufgebrochen, um die Menschheit zu retten. Aber, wie wir sehen, seid ihr doch nicht ausgestorben, wie unsere Eltern damals befürchtet hatten." „Ja, es war auch nur ein Zufall, dass es uns noch gibt. Aber das erzählt euch besser unsere Urgroßmutter. Sie kennt die Geschichte zwar nicht aus eigener Erfahrung, doch aus alten Überlieferungen besser als wir." Sie nehmen uns mit nach Hause. Die Großmutter, die fast 100 ist, nimmt uns herzlich in Empfang, als ihre Enkelinnen von unseren Fragen erzählen.

Sie sagt: „Ich habe alle Erzählungen wiederum von meiner Großmutter. Als die Weltbevölkerung derart angestiegen war, dass es weder Nahrung und zuvor schon Trinkwasser nicht mehr für alle gab, kam es zu furchtbaren Verteilungskämpfen. Es sind fast alle verhungert oder verdurstet. Nur in Afghanistan haben sich etwa einhundert Frauen mit ihren Kindern in die Berge geflüchtet. Sie fanden eine Höhle, in der die Taliban ein Waffen- und Lebensmittellager untergebracht hatten. Es waren auch ein paar Frauen aus anderen Ländern dabei, die militärische Ausbildungen hatten. Sie begannen sofort, die jungen Frauen zu Scharfschützinnen auszubilden. Es konnten jederzeit Taliban-Kämpfer auftauchen, um sich hierher zurückzuziehen. Das Munitionslager war zwar gut gefüllt, doch es war ratsam, sparsam mit der Munition zu sein. Besser war es, wenn jeder Schuss saß. Die Taliban waren es gewohnt, mit ihren automatischen Waffen rumzuballern. Das kostete aber viel Munition.

Und tatsächlich tauchten die Taliban eines Tages auf. Es waren etwa 200 Mann. Die Frauen hatten ihre Mütter, Großmütter und Kinder in einem Tal in Sicherheit gebracht. Auch Waffen und Nahrung hatten sie aus der Höhle geschafft.

Alle Scharfschützinnen hatten von den erfahrenen Strateginnen ihre Positionen angewiesen bekommen. Ein paar oberhalb des Höhleneingangs, andere rechts und links davon. Sie ließen die Kämpfer in die Höhle einziehen. Dann schossen sie die im Eingang gut getarnten Fässer mit Treibstoff in Brand. Das aufgehäufte Gestrüpp entzündete sich und fing furchtbar an zu qualmen. Der Rauch zog in die Höhle und trieb die Taliban heraus. Jetzt schossen die Scharfschützinnen einen nach dem anderen ab. Einige kamen mit erhobenen Händen heraus und ergaben sich. Nach kurzer Zeit war das Kapitel Taliban Geschichte. Die noch lebenden Männer wurden den Frauen nicht mehr gefährlich. Sie haben noch einmal versucht aufzubegehren. Als aber noch zwei ihr Leben verloren, wussten die Übrigen, dass Auflehnung keinen Zweck mehr hatte. Aber für einen Neubeginn der Menschheit braucht es halt doch noch Männer. Allerdings solche, die sich den Frauen unterordnen."

„Die kleine Gruppe blieb noch einige Zeit im Gebirge. Die Männer durften sich mit einigen jungen Frauen paaren. Einer der ehemaligen Kämpfer meinte, die Frauen mit Gewalt nehmen zu müssen. Er bezahlte seine Brutalität mit dem Leben. Ein Kopfschuss von einer der Scharfschützinnen eliminierte ihn. Die Übrigen waren gewarnt, dass ihre alten Vorstellungen gegenüber Frauen nicht mehr galten. Aber langsam wuchs das Völkchen. Die Frauen behielten die Kontrolle und ließen sie sich auch nicht wieder nehmen. Um zu vermeiden, dass die Männer wieder die Oberhand bekamen, wurden die Knaben kastriert, damit sie sich nicht unkontrolliert vermehren konnten. Außerdem waren die Eunuchen viel friedfertiger. Jetzt werden sie sterilisiert.

Nach einigen Monaten mussten sie das Gebiet verlassen. Irgendwie musste Nahrung her. Da die Erde sonst entvölkert war, erholte sich die Natur ganz langsam wieder.

Sie setzten sich nach Westen in Bewegung. Ihr Ziel war das Zweistromland, wo schon einmal die Zivilisation begann. An den Tigris hatten sich ein paar Mullahs mit Sklavinnen und einer Leibgarde gerettet. Sie lebten dort in Saus und Braus. Die Leibgarde war nicht sehr motiviert zu kämpfen, da sie eigentlich nicht mit Angriffen rechneten, weil sie glaubten, sie seien noch die Einzigen auf der Erde.

Unsere kampferprobten Kriegerinnen hatten leichtes Spiel, diese Bande auszuschalten. Die früheren Peiniger der Frauen wurden mit den Füßen nach oben aufgehängt, damit ihnen das Blut in den Kopf stieg und sie über ihre Schandtaten besser nachdenken konnten. Aber sie waren sich keiner Schuld bewusst.

Die befreiten Frauen schlossen sich allzu gern ihren Befreierinnen an. Sie bauten die ersten Dörfer. Dank des Wassers, wenn der Tigris auch zu einem Rinnsal geworden war, war der Anbau von Nahrung endlich möglich.

Von dort kamen auch unsere Vorfahren hier nach Irkutsk. Alles das haben uns unsere Urgroßmütter erzählt", berichtete eine der anderen Frauen.

Li sagt zu einer der jüngeren Frauen: „Wir haben in unserem Raumschiff ein Gerät, mit dem man das Sperma untersuchen und bestimmen kann, welche Spermien männlich oder weiblich sind. So können gezielt mehr Mädchen geboren werden. Wenn ihr wollt, könnt ihr das Gerät einsetzen." „Oh ja, das wäre eine feine Sache. Allerdings müssten die Frauen künstlich befruchtet werden?", will eine andere wissen.

„Bei uns auf dem Planeten Erde II muss aber keine Frau auf Sex verzichten. Wir haben Freudenhäuser, in denen junge, sterilisierte Männer ihre Dienste anbieten. Frau kann natürlich auch mit einem sterilisierten Mann zusammenleben, quasi eine Familie gründen", erklärt Li.

Wir fahren noch einmal über den Baikalsee zu unserem Dorf oder dem Ort, wo es einst war. In der Zwischenzeit hat die Natur alles zurückerobert. Es sind keine Anhaltspunkte mehr vorhanden. Aber wir wollen doch versuchen, hier zu siedeln. Der Boden ist immer noch fruchtbar.

Hier wollen wir beiden Alten auch mal bestattet werden. Wir haben dann genug Abenteuer erlebt und unsere Mission erfüllt. Unsere Kinder werden die Rückreise nach Erde II antreten.

A HEART FOR AUTHORS À L'ÉCOUTE DES AUTEURS MIA KAPΔIA ГIA ΣYГГР
FÖR FÖRFATTARE UN CORAZÓN POR LOS AUTORES YAZARLARIMIZA GÖNÜL VERELIM SZÍℕ
ET HJERTE FOR FORFATTERE EEN HART VOOR SCHRIJVERS TEMOS OS AUTO
SERCE DLA AUTORÓW EIN HERZ FÜR AUTOREN A HEART FOR AUTHORS À L'ÉCOUⁱ
BCEЙ ДУШОЙ К ABTOPAM ETT HJÄRTA FÖR FÖRFATTARE Á LA ESCUCHA DE LOS AUTOℝ
MIA KAPΔIA ГIA ΣYГГPAΦEIΣ UN CUORE PER AUTORI ET HJERTE FOR FORFATTERE EEN Η
SERCE DLA AUTORÓW EIN HERZ FÜR
ORACÃO BCEЙ ДУШОЙ К ABTOPAM ETT HJÄRTA FÖℝ

Der Autor

Gerald Straßer ist dreizehn Tage nach dem Beginn des 2. Weltkrieges in Hamburg geboren. Eine Bombardierung ihres Wohnhauses zwang die Familie 1944 dazu, zu Verwandten nach Mecklenburg in eine relative Sicherheit zu übersiedeln. Hier verbrachte Gerald Straßer nach ein paar Schulwechseln seine Schulzeit. Mit 18 Jahren flüchtete er schließlich aus der DDR zu seinen Großeltern väterlicherseits nach Schweinfurt, wo er eine Fotografenlehre machte. Durch einen Verwandten seiner Tante kam er 1959 zur Firma Henkel, wo er 35 Jahre als Werkfotograf tätig war. Bei den regelmäßigen Feierlichkeiten der Familie Henkel hatte er die Gelegenheit, viel Prominenz aus Politik und Kultur vor die Kamera zu bekommen. Vom Bild hat er sich schließlich dem Text zugewandt.

„Der Frauenplanet" ist sein erster Roman.